Beta Berlin

AF287090

Alfreds Band
Ein schleierhaftes Rätsel

Beta Berlin

Alfreds Band

Ein schleierhaftes Rätsel

Bibliografische Information der Deutschen Nationalbibliothek
Die Deutsche Nationalbibliothek verzeichnet diese Publikation in
der Deutschen Nationalbibliografie; detaillierte bibliografische Daten sind im Internet über http://dnb.d-nb.de abrufbar.

© 2013 Beta Berlin
Umschlagdesign, Satz, Herstellung und Verlag:
BoD – Books on Demand
ISBN 978-3-8482-3922-1

ANNO 1600

Sie prüfte die Rille mit dem rechten Fuß. Die Erde war hart und trocken und das machte sie froh. Ihre polierten Schuhe würden sauber bleiben.

Seit Monaten hatte Marie die Pferde beobachtet, die mit gesenktem Kopf und angestrengtem Nacken die mit Baumaterialien schwer beladenen Wagen den Hügel hinauf zum Schloss zogen.

Die Kirchenuhr schlug, einmal. Es war Viertel vor fünf morgens und Marie musste sich um fünf Uhr oben im Schloss melden. Sie machte sich keine Gedanken um die Zeit, denn ihr Elternhaus war hügelabwärts nur eine Minute vom Schloss entfernt, dem Schloss schräg gegenüber. Ihr Vater war der Zehntelbauer dieser Elbestadt.

Noch nie zuvor hatte Marie so ein Gebäude wie das Schloss gesehen. Sie war entzückt, als der Bau begann, hat fasziniert und mit wachsender Begeisterung den Schlossbau beobachtet. Kürzlich kam ein junger Maurer am Bau des Schlosses ums Leben – er fiel und der Fall tötete ihn. Marie runzelte die Stirn, als sie jetzt an ihn dachte. Der Tod von Alfred Martens trug dazu bei, den Enthusiasmus Maries und auch anderer Bürger für den Schlossbau zu dämpfen. Der junge Maurer starb, als er vom ersten Stock stürzte, dort in der Ecke, wo West Ost trifft. Niemand wusste, wie es geschah, wie der Unfall stattfand, niemand war Zeuge. Der Sturz war und blieb mysteriös.

Marie hob den Kopf, betrachtete das Schloss und lächelte. Sie mochte, wie es auf dem Hügel thronte, stabil und solide, umgeben von einem Wallgraben. Sie mochte die Zugbrücke und das Schloss, ein Fachwerkgebäude, mit roten Ziegeln gebaut und zwei Stockwerke hoch. Aber Marie bedauerte, dass der Turm immer noch da war, sie fürchtete ihn. Er war über fünfhundert Jahre alt, und es wurde gemunkelt, dass von ihm ein unterirdischer Geheimgang zur Kirche führte. Furchtsam blickte Marie auf den Turm. Er war mit verschieden großen Felssteinen gebaut und mit Efeu und anderen Kletterpflanzen bedeckt. Drinnen waren die kleinen Gucklöcher in Schulterhöhe, gerade groß genug für Gewehre, und rundherum an den Wänden waren eiserne Ringe für Ketten und Fußketten angebracht. Es war ein grausamer und Furcht einflößender Ort, der auch als Kerker benutzt wurde.

Die roten Mauern des Schlosses kontrastierten mit den grünen Wiesen, die es umgaben, und mit dem blauen Wasser der nahen Elbe. Die Elbwiesen waren betupft mit schwarzweißen Kühen und grauen Heideschafen. Hinter dem Schloss, östlich, lag die Schäferhütte auf einem Hügel, der sie vor Hochwasser schützte. Und trotzdem sah die Hütte aus, als läge sie flach und geduckt, um sich vorm manchmal gnadenlosen Ostwind zu sichern. Die Frau des Schäfers, Deles Mutter, bleichte das Leinen der Bürger, indem sie es kochte und dann in der Sonne auf dem Hügelhang trocknete. Die Schäferhütte war allgemein als »Bleichecke« bekannt und die Stadt hatte ihren Namen von ihr übernommen: Bleckede.

Wieder betastete Marie mit ihrem rechten Schuh die Erde vor ihr. Sie sah zum Himmel hinauf. *Heute ist der 26. August*

1600, dachte sie beglückt, ein Tag, auf den sie schon so sehr lange gewartet hatte.

Marie lüpfte ihre Röcke und hüpfte auf Zehenspitzen über die tiefen Wagenrillen hinweg auf die andere Straßenseite. Sie drehte sich um, um ihrem Elternhaus zuzuwinken. Sie hielt überrascht inne, denn dort stand ihr Vater, an die Zaunpforte gelehnt. Er nickte und lächelte ihr zu, sie lächelte zurück und knickste und hoffte zur gleichen Zeit, dass ihre Mutter nicht gesehen hatte, dass sie über die Straße hüpfte.

»Marie«, rief ihr Vater leise.

»Ja, Vater?«

»Pass auf dich auf, Kind, wenn du da oben bist!«

»Warum, Vater? Ist etwas passiert?«

Herr Kruse schüttelte mit dem Kopf: »Ach, Gerüchte. Du weißt schon. Aber sei vorsichtig und achte auf dich!«

Marie zögerte. Am liebsten hätte sie Fragen gestellt, aber jetzt drängte die Zeit und sie musste sich beeilen. Es war höchste Zeit, dass sie jetzt ins Schloss kam. Sie nickte ihrem Vater nochmals zu und lief den Hügel hinauf. Bei der Zugbrücke drehte sie sich jedoch noch einmal um, um ihr Elternhaus zu sehen. Ihr Vater stand wie vorher an der Pforte. Dann sah sie nach links, auf das Eckfenster, in dem der junge Alfred Martens so plötzlich und tragisch zu Tode kam. Der Wallgraben unter ihr sah dunkel und bedrohlich aus. Marie war nicht wohl zumute, eine Art von Vorahnung lief eisig ihren Rücken hinunter. *Unsinn,* sagte sie sich, *heute ist ein herrlicher Tag, und ein herrlicher Tag **wird** es sein!*

Im Innenhof traf sie auf Dele, die nur Sekunden vor ihr eingetroffen war. Dele war wie Marie und die anderen Mädchen angezogen: Sie trug einen grasgrünen Leinenrock, eine weiße

Schürze darüber, ein schwarzes Samtmieder und eine weiße Bluse mit hübschem Rüffelkragen und langen Pluderärmeln. Ein niedliches knappes rotes Käppchen vervollständigte diese Landmädchenkleidung.

Marie freute sich, mit ihren Freundinnen zusammen zu sein, teilzunehmen an diesem großartigen Richtfest. Mit Dele zusammen arbeitete sie tüchtig und schnell – denn die Köchin hatte die Mädchen in Arbeitspaare aufgeteilt. Die Arbeit war leicht. Sie mussten lange Holztische und -bänke aneinanderschieben, sodass sie ein großes Quadrat im Innenhof ergaben. Und dann in der Mitte, getragen von vier Männern, wurde der Richtkranz gestellt. Und da stand er dann in seiner ganzen Herrlichkeit: größer als ein Mann, breiter als ein quadratischer Tisch und mit Hunderten von Sommerblumen geschmückt. Diese Tische waren für das Volk, für das Fußvolk sozusagen. Dann mussten die Tische gedeckt werden.

Junge Männer dekorierten den Innenhof mit frischen Birkenzweigen, banden sie an Wänden und Türen und Pfählen fest. Ein herrschaftlich aussehendes Zelt war bereits auf dem Rasen aufgestellt worden. Es war so groß, dass es fast bis zum Wallgraben hinunterreichte. Aber es war ganz anders als der Innenhof möbliert: Hohe mit Leder bezogene Lehnstühle standen dort um geschnitzte Eichentische herum, die mit gelben Tischdecken samt weißen Spitzentüchern bedeckt waren. Das Geschirr war aus Zink und mit dem Wappen des Welfenkönigs versehen. Die Tische waren im Karree gestellt, sodass der Innenhof von den Gästen leicht übersehen werden konnte. In allen Ecken standen hohe Ständer mit üppigen Blumengestecken.

Die Köchin und der Butler trieben alle an, schneller zu arbeiten, schneller und mehr, mehr, mehr. Der Prinz und seine Begleitung wurden um elf Uhr erwartet. Sie sollten mit Fanfaren begrüßt werden und die Helfer sollten beide Seiten der Allee bis zur Zugbrücke hin säumen. Die Mädchen sollten Blumensträuße in die Luft werfen, die von den Männern auf der anderen Seite aufgefangen und dann zurückgeworfen wurden.

Marie und Dele kicherten, als sie den Plan hörten. Was wäre, wenn man den Prinzen träfe oder jemand in seiner Begleitung? Was wäre, wenn die Pferde scheuten? Was wäre, wenn die Blumen im Flug auseinanderfielen? Die Mädchen wurden blitzschnell von einem eisigen Blick der Köchin in die Wirklichkeit zurückgebracht. Marie wurde rot. Dele nicht. Dele wagte sogar, die Köchin herausfordernd anzusehen – jedoch nur für einen Augenblick.

Gehorsam warteten alle in atemberaubender Stille. Nicht ein Geräusch war zu hören. Alle horchten mit spitzen Ohren. Die Sonne kroch auf den Zenit des Himmels und begann zu brennen. Es gab keinen Schatten, keinen Schutz. Luftlos und atemlos warteten alle. Bis dann, nach einer Ewigkeit, die zwei Leibgardesoldaten bei der Zugbrücke ihre Instrumente erhoben und ein mächtiges Willkommen trompeteten.

Marie wurde schwach vor Aufregung. Hier zu sein, teilzunehmen an der Anwesenheit der Königsfamilie im neuen Schloss, hier in Bleckede! Sie warf einen schnellen Blick auf Dele, die ihre Gefühle nicht zu teilen schien. Der Krach um sie herum war unbeschreiblich. Blumen flogen hin und her, manche Sträuße landeten im Nichts, Menschen rauschten auf die eleganten Kutschen zu, berührten die Gewände der

Aristokratie, Pferde scheuten, bäumten sich auf, konnten nur mit Kraft gezügelt werden.

Es war ein unwahrscheinliches Durcheinander.

Inmitten des Lärms lehnte sich Dele an Marie und schrie ihr ins Ohr: »Ich heirate. Ich trage ein Kind.«

Marie wurde stocksteif. Sie dachte, sie hätte Dele missverstanden.

Aber ihre Freundin schüttelte den Kopf: »Es ist wahr!«

»Aber …«, sagte Marie.

»Kein Aber. Dafür ist es nun zu spät!« Ihre Augen wurden dunkel und kalt.

Marie flüsterte: »Wer denn?«

Deles Lippen wurden schmal: »Er. Da drüben!«

Er da drüben war Heini Albers, der Sohn eines Kleinbauern. Er sah gut aus, war aber eitel. Das bestätigten sein schwacher Mund und seine unruhigen Augen. Marie warf Dele einen schnellen Blick zu. War dies, was Vater meinte, als er sagte: *Gib auf dich acht*?

Sie hörte Dele sagen: »Lass es nicht mit dir geschehen, Marie. Hör auf niemand … gib nicht nach!« Aber bevor sie noch mehr sagen konnte, wurden sie von der Köchin gerufen. Sie mussten jetzt das Essen servieren.

Betäubt servierte Marie die Gerichte: Fleisch, Gemüse, Kartoffeln, goss Soße aus. Ihre Gedanken bewegten sich im Kreis und kamen doch zu keinem Ergebnis. Sie entschloss sich, am nächsten Morgen Dele zu besuchen, um sich alles erzählen zu lassen.

Weiter ging der Tag, weiter ging die Arbeit, weiter ging die Geschäftigkeit einer großen Menschenmenge in einem begrenzten Raum. Die Bürger wurden am Spätnachmittag erwartet, lange vor Sonnenuntergang. Dann sollte der Richt-kranz vom Maurermeister und Meisterzimmermann und deren Gesellen aufs Dach emporgehoben werden.

Marie wurde befohlen, Apfelmost aus dem Turm zu holen, wo er kühl gehalten wurde, gleich beim Kerkereingang. Ihr Herz setzte einen Schlag aus. Sie wollte nicht zum Turm gehen, schon gar nicht *hinein*. Ihr Magen schien Purzelbäume zu schlagen. Aber sie gehorchte.

Der Turmeingang war lang, schmal und dunkel. Wieder fühlte Marie ihren Magen Purzelbäume schlagen, diesmal bis zu ihren Kniekehlen hinunter. Sie ging auf Zehenspitzen, drehte sich immer wieder um. Marie war übel vor Angst. Für einen flüchtigen Moment dachte sie, eine Schattenfigur in einer Nische gesehen zu haben. Sie schüttelte mit dem Kopf und trieb sich an, sich zu beeilen. Ach, da war ja der Most, in großen Krügen. Sie beugte sich vor, um einen Krug hochzuheben, als sie zwei kräftige Hände um ihre Taille fühlte. Sie hielten sie wie in einer Zange, grapschten ihre Brüste, bewegten sich klobig ihren Körper runter, befühlten ihre Hüfte, griffen ihre Schenkel und … Marie war zu schockiert, um zu reagieren. Dann fühlte sie ein schweres Gewicht auf sich, das sie niederdrückte, sie spürte, dass ihre Röcke hochgehoben wurden, sie fühlte heißen Atem in ihrem Nacken, fühlte einen heißen Mund, den Geruch von Alkohol, merkte, dass der heiße Mund ihre Lippen suchte. Marie wurde geschubst und gestoßen und herumgeschleudert wie eine Lumpenpuppe. Sie versuchte, gegen den starken Männerkörper anzukämpfen, gegen die Muskeln, die viel kräftiger waren als ihre. Die heißen, klebrigen Hände waren ruhelos, ohne Gnade, sie fühlten und betatschten und

14

griffen ihren Körper überall. Sie stieß mit den Füßen und versuchte, sich mit ihren Ellbogen zu befreien.

Sofort befand sich ihr Kopf wie in einer Eisenzange und wurde gegen die raue Wand gestoßen, einmal, zweimal … Marie, fast ohnmächtig vor Angst und Schmerz, fühlte, wie sie schlapp wurde. Plötzlich aber war sie frei, war nicht mehr in dieser furchtbaren Eisenzange. Sie konnte wieder atmen. Und schon wieder fingen die Hände an, ihren Körper zu belästigen, diesmal aggressiver und direkter. Marie fühlte, wie ihre Kräfte schwanden, sie fühlte, wie ihr Körper lahm und kraftlos wurde, und sie öffnete den Mund und schrie. Es war ein schrecklicher Angstschrei, ganz hoch und spitz und schneidend.

Dann war nur turbulente Bewegung um sie herum. Sie fühlte, dass sie auf den Boden geworfen wurde, sie war frei. Ihre Augen waren fest geschlossen. Sie wagte nicht, sie zu öffnen. Zitternd wartete sie, versuchte aufzustehen. Mit unsicheren Händen klopfte sie ihren Rock ab, richtete die Schürze wieder her, fühlte nach, ob ihr Käppchen noch richtig saß. Ihr Kopf pochte, ihr Hals war wie zugeschnürt. Galle stieg hoch. *Nein,* beruhigte sie sich, *dir ist nichts passiert, alles ist in Ordnung.* Immer noch hielt Marie ihre Augen fest geschlossen. Sie hoffte, dass alles ein böser Traum war, das sie gleich aufwachen würde, zu Hause, in ihrem Bett, mit Mondschein in ihrer Fensterscheibe.

Endlich öffnete sie die Augen. Rätselhafterweise standen die Krüge mit dem Apfelmost da, wo sie vorher gestanden hatten, als ob nichts geschehen sei. *Sieh doch,* sagte sich Marie, *nichts ist passiert. Alles ist in Ordnung, du musst dich beeilen, mach zu …*

»Was trödelst du denn? Warum hast du so lange gebraucht?«, fuhr die Köchin sie an, als Marie die Krüge auf den ersten Tisch stellte. »Mach zu, Mädchen, stell die Krüge auf den letzten Tisch, beeil dich!«

Plötzlich stand Dele neben ihr. Leise sagte sie: »Komm schon. Ich helfe dir. Komm!«

Im Turmeingang, entfernt von allen und allem, bürstete Dele mit ihrer flachen Hand Staub und Schmutz von Maries Rock.

»Was war?«, fragte sie.

Marie erzählte ihr alles, immer wieder schluchzend.

Dele nickte: »Er war's. So ist es mit mir passiert.«

»Aber …«

»Kein Aber, Marie.« Dele sah müde aus. »Mein Vater hat Heini gezwungen, mich zu heiraten. Wenn er mich nicht heiraten würde, dann wäre ich tot. Verstehst du?«

Marie schüttelte ihren Kopf, dann warf sie die Arme um Deles Nacken und versprach: »Ich werde immer deine Freundin sein, immer und ewig. Ich werde dir immer helfen!«

Dele lächelte: »Ich weiß, Marie, ich weiß.«

Und dann weinten beide, eng umschlungen, bis Dele schniefte und versuchte, alles wegzulachen. »Wie dumm wir doch sind, zu weinen, als hätten wir nicht schon genug Hochwasser in dieser Gegend!«

»Ja, aber, Dele …«

»Schluss jetzt. Lass uns gehen und nachgucken, ob alle anderen schon hier sind!«

Der Innenhof füllte sich mit Menschen und immer mehr Menschen kamen an. Die Leibgarde stand an jeder Seite des Zelteingangs, die Trompeten in Positur. Stille senkte sich, als nach einer brausenden Fanfare der Prinz heraustrat, um die Bürger zu begrüßen. Seine Untertanen dankten ihm mit rauschendem Beifall.

»Komm, schnell, wir verstecken uns in der Menge!«

Dele und Marie liefen geduckt aus dem Turmeingang heraus, erleichtert, dass die Köchin ihnen den Rücken zugekehrt hatte. Dele griff nach Maries Hand und zog sie entlang.

Die Bürger standen eng beieinander und wurden immer wieder durch Neuankömmlinge nach vorne geschubst. Dann fühlte Marie, dass hinten ihre Schürzenbänder geöffnet wurden. Ihre Hände flogen auf ihren Rücken und dann drehte sie sich sehr schnell um – um ihre Mutter vor sich zu finden.

»Was ist denn mit dir los, Kind? Du bist so nervös wie ein Huhn beim Donnern!«

Marie wurde schwach vor Erleichterung. Ihre Mutter … nur ihre Mutter! Verärgert merkte sie, dass sie kaum ein Wort des Prinzen wahrgenommen hatte. Aber sie war froh, ihre Eltern zu sehen.

Der Prinz erteilte Erlaubnis, den herrlichen Richtkranz auf das Dach zu heben. Eine Gruppe von Leuten folgten dem hin und her schwingenden Kranz. Wieder senkte sich Stille über die Menschen, bis der Kranz auf dem Dach sichtbar wurde, dort an der Ecke, wo West Ost traf. Die Leute klatschten und applaudierten und stießen Jubelschreie aus, voller Lebenslust und Lebensfreude.

Und dann begann das eigentliche Fest, das Genießen von gebratenem Schweinefleisch, Rindfleisch, Gänsen und Enten, Hammel und Lamm, Brot, Bier und Apfelmost. Dann, Berge von Butterkuchen verschwanden, Berge von Apfel- und Streuselkuchen und alles, was essbar war. Die Tische und Bänke wurden beiseitegeschoben, das Tanzen begann. Die Königsfamilie saß im Zelt, sah zu und trank und aß. Alle tanzten jetzt. Marie fühlte, wie ihre Hand festgehalten wurde, sie wurde zur Tanzfläche gezogen. Sie sah auf und direkt in die lachenden Augen von Karl, dem jüngeren Bruder von Alfred Martens.

»Geht es dir jetzt gut?«, fragte er.

Jetzt?, dachte Marie, und dann, mit Schrecken, wurde ihr klar, dass es Karl gewesen sein musste, der sie vor einem noch schlimmeren Angriff von Heini Albers gerettet hatte.

Ihr Hals verengte sich. Sie konnte nicht sprechen, aber sie sah schnell auf, versuchte zu lächeln, doch dann nickte sie nur. Und für den Rest des Tanzes hob sie nicht wieder die Augen. Als die Musik aufhörte, zog Karl Maries Arm durch seinen und führte sie zu ihren Eltern zurück.

Dort ließ er sie frei, neigte sich und flüsterte: »Hab keine Angst vor ihm. Er wird dich nicht wieder anfassen.«

»Was hat er gesagt, Marie, was hat er dir gesagt?«, wollte ihre Mutter wissen.

Marie zögerte, aber dann sagte sie nur: »Karl dankte mir für den Tanz, Mutter.« Sie merkte, dass ihr Vater sie aufmerksam beobachtete, und hob den Kopf, um ihm in die Augen zu sehen. Sie errötete. Die Augen ihres Vaters leuchteten auf.

Er lächelte ihr zu: »Ja, Karl ist ein guter Mann.«

Der Mond und die Sterne schienen am Himmel, als der letzte Tanz um Mitternacht angesagt wurde. Marie hatte den ganzen Abend getanzt, oft mit Karl. Sie mochte ihn am liebsten. Heini forderte sie nicht zum Tanzen auf, seine Augen schossen Pfeile auf sie und eins war blutunterlaufen, auch war seine Unterlippe geplatzt. Er tanzte nur mit Dele. Wenn immer sich Maries und Deles Hände beim Tanz berührten, tauschten sie Blicke, tief und bedeutungsvoll. Beide wussten, dass das Leben sich verändert hatte, es würde nie mehr so sein wie vorher, es hatte sich auf immer verändert, jetzt, da beide zur Erwachsenenwelt gehörten.

ANNO 1835

»Oh«, rief sie entzückt aus, »oh, guck dir mal dieses Bild an!« Sie drehte sich zu der Magd um, die große Reisekoffer auspackte. »Schnell, Stina, schnell!«

Die Magd lief zu dem am Fenster stehenden jungen Mädchen. Sie sah zum Fenster hinaus und starrte – starrte auf die Landschaft und dann auf ihre Herrin.

»Findest du nicht auch, dass diese Aussicht himmlisch ist?« Begeistert klatschte Karoline in die Hände.

Die Magd starrte wieder aus dem Fenster. Sie sah die flache Landschaft, in der sie aufgewachsen war: den grünen Deich, die grünen Wiesen, den dunkelgrünen Vitiko-Wald in der Ferne, rechts den weißen Strand der blauen Elbe und weiter östlich das andere Elbufer, identisch mit dem hiesigen: den weißen Strand, den grünen Deich, die grünen Wiesen …

Perplex stimmte sie ihrer Herrin zu: »Ja, gnä' Fräulein!« Sie knickste und ging zu den Reisekoffern zurück.

»Aber verstehst du denn nicht, Stina, hier gibt es keine Bäume, keine Dunkelheit, nicht das Rauschen im Walde!«

Die Magd starrte wieder. Keine Bäume? Natürlich gab es hier Bäume! Geringschätzig schnaufte sie, aber nur ganz leise. Das Schloss war von hohen Föhren umgeben, und wenn man aus dem Fenster lehnte und nach links sah, dann konnte man dort die blühende Kastanienallee sehen, die von der Straße zum Schlosshof führte. Aber selbst wenn man geradeaus sah, dann sah man die Lindenbäume, die

23

die Fischerkate gegenüber umgaben, da standen auch Obstbäume hinterm Haus und man konnte die Eichen, Lindenbäume und Eschen, Tannen, Buchen und Ulmen der Vitiko sehen. Seufzend schüttelte Stina den Kopf. Oh nee, oh nee, oh nee, oh nee!

Aber Karoline war immer noch verzückt. Sie hatte die kleine Magd vergessen und stand am Fenster, um die Aussicht erneut in sich aufzunehmen. Sie war froh, dass ihr dieses Zimmer zugeteilt worden war, ihr Lieblingsraum im Schloss. Ein Raum, wo West Ost trifft, wo das Licht aus allen Himmelsrichtungen hereinströmt.

Sie lehnte sich sehr weit aus dem Fenster hinaus und fiel fast raus, als sie den spitzen Schrei hinter sich hörte.

Entsetzen in der Stimme der Magd: »Fräulein, entschuldigen Sie bitte, gnädiges Fräulein, das … das dürfen Sie nicht, Sie dürfen doch nicht …«

Nun starrte Karoline. »Was? Was denn?«

»Ach, gnä' Fräulein, bitte um Entschuldigung, aber, sehen Sie, nun ja, vielleicht ist es doch nur Legende.«

»Was denn?«

»Ach, nichts.«

»Sag's mir sofort!«

»Ach, wissen Sie, als das Schloss gebaut wurde, da fiel doch Alfred Martens, ein junger Maurer zu Tode, aus dem Fenster, an dem Sie gerade lehnen!«

Karoline lachte: »Ja, ja, natürlich. Aber er ist doch tot! Und das schon seit über zweihundert Jahren, stimmt's?«

»Ja, gnä' Fräulein, ja, er ist tot. Aber er ist immer noch hier und versucht, jeden, der aus dem Fenster lehnt, zu sich herabzuziehen!«

Karoline lachte nicht mehr, aber im Befehlston warnte sie ihre Magd, keine Altweibergeschichten zu verbreiten.

Insgeheim beschloss sie, ihren Onkel oder ihre Tante nach diesem geisterhaften Maurer zu fragen. Aber sofort vergaß sie wieder ihren Entschluss. Viel wichtigere Dinge gingen in ihrem Kopf herum. Denn das Schloss sollte eine königliche Visite erhalten und noch dazu eine ausländische!

»Stina, hast du immer noch nicht mein neues Kleid ausgepackt? Nein? Muss es ausgelüftet werden, vielleicht gebügelt? Wo ist es? Ist es nicht im Koffer? Dann geh sofort und hol es, jetzt sofort! Ich will es hier im Zimmer haben. Nun mach schon!«

Stina schlurfte hinaus, ihr Herz voller ungelöster Probleme. Es war schier unmöglich, zwei Herrinnen zu dienen. Sie saugte an ihrer Unterlippe. Gräfin Karoline war ein schwieriger Fall, viel schwieriger als Gräfin Augusta, die gelähmt war. Nachdem Stina den Raum verlassen hatte, trat Karoline vom Fenster zurück, um zu sehen, ob vielleicht eine geisterhaft weiße Hand von der Außenseite hereinreichen würde, um ihre eigene Hand zu umklammern. Nichts passierte. Erleichtert atmete Karoline auf. Aber sie ging nicht wieder zu nahe an das Fenster heran.

Es war Anfang Juni und Karoline war morgens angekommen. Sie würde den ganzen Sommer auf dem Schloss verbringen und war überglücklich, dass ihr Onkel und ihre Tante sie eingeladen hatten. Sie liebte das Schloss. Es hatte sie verzaubert. Wenn sie im Schloss war, fühlte sie sich wie im Märchen.

»Der Herzog von Monmouth! Er kommt auf Besuch! Welch ein Triumph!«

Und was für ein Triumph wird es werden, wenn sie allen davon zu Hause erzählen würde, zu Hause in Westfalen, wo es so viele Bäume gab, dass man sie allein nicht zählen konnte.

Otto, Karolines kleiner Vetter, kam hinter Stina ins Zimmer. Otto war sechs und sehr stolz auf sein Alter. Sechs war fast erwachsen, sechs bedeutete, dass er bald mit den Erwachsenen an der Tafel essen durfte, anstatt in der Kinderstube zu essen, mit dem Kindermädchen und seinen *viel* jüngeren Schwestern. Insgesamt hatte er drei: Louise, die vier war, und die Zwillinge Thelma und Thea, die erst kürzlich ihren zweiten Geburtstag feierten.

Otto himmelte Karoline an. Sie war so gar nicht wie seine Schwestern, sie war erwachsen und hübsch und konnte *lesen*!

In den nächsten Tagen sah das Schloss eine große Geschäftigkeit. Es war fast, als würde es von innen und außen, von oben bis unten, überall, mit einer Zahnbürste geputzt und poliert werden. Zum Schluss glänzte alles wie kostbare Juwelen, nicht nur das Schloss, sondern auch der Wallgraben und die Nebengebäude und die Gärten und sogar der Turm. Und dann, endlich, endlich, brach der Morgen heran, an dem der Herzog von Monmouth, der Stellvertreter des Königs, dem Schloss auf der Durchreise einen Besuch abstatten wollte.

Die Dienstboten standen früher als die Lerchen auf, hasteten durch Korridore und Hallen, arrangierten dies und das, harkten die weiten Gehwege zum letzten Mal. Die Fahne des Königs wurde gehisst und knatterte und flatterte hoch oben im Sommerwind.

Um Punkt acht Uhr mussten alle Dienstboten in ihre Livree steigen, die Livree, die die Knöpfe von König Georg

IV., König von Hannover und England, zeigte. Die männlichen Dienstboten trugen zweireihige Jacken, königsblau, mit sechs glänzenden Silberknöpfen, die weiblichen Dienstboten trugen weiße Blusen mit hohem Krauskragen und königlichem Silberknopf oben am Hals. Der Amtmann von Vogelsang, Karolines Onkel, trug seinen leuchtend roten Offiziersgehrock mit zwölf Königsknöpfen, die mit den vielen Medaillen um die Wette glänzten, die auf seiner breiten Brust zu sehen waren.

Ein Medaillon, das das Profil des Königs zeigte, war an dem hohen Stehkragen der Amtfrau angebracht, die in seidenen Welfenfarben, weiß und gelb, gekleidet war.

Der Amtmann und die Amtfrau und deren Kinder, Otto neben seinem Vater, Karoline und die Stadträte der Kleinstadt, standen auf der Freitreppe des Schlosses, der hannoversch-englischen Königsfahne gegenüber.

Die Dienstboten waren in der Allee aufgereiht: die Mädchen und Frauen auf der linken Seite, die Burschen und Männer auf der rechten. Die jungen Kastanienbäume, sechs auf jeder Seite der kopfsteingepflasterten Allee, schenkten den aufgeregten Menschen unter ihnen großzügigen Schatten und Schutz vor der Sonne. Eine leichte Sommerbrise kühlte sanft die aufgeregte Menschenmenge.

Draußen vor dem Schlosstor standen eng zusammengepresst die Bürger und ihre Familien, die ganze hügelige Straße hinunter, bis zur Kirche, und dann weiter, weiter, bis zur Stadtgrenze. Alle Häuser waren mit reichlich Birkengrün und Welfenflaggen geschmückt, sogar die inzwischen unbenutzte Scheune des Zehntelbauers.

Und dann hörte man Willkommensrufe, erst entfernt, dann

näher, immer näher, bis die Kutschen des Herzogs von Monmouth sichtbar wurden. Der Herzog, im ersten Gefährt, winkte und lächelte der begeisterten Menge zu. Zwei weitere Kutschen folgten, in denen Offiziere und Honoratioren der Hauptstadt Hannover reisten.

Der Herzog, ein ausgesprochen großer und dünner Mann, türmte über dem Amtmann, den das nicht störte. Otto, seine flachen Hände an die Seitennähte seiner königsblauen Hose gelegt, sah zu dem Gouverneur hinauf und versuchte dabei, dieselbe offizielle Haltung seines Vaters nachzuahmen.

»Oh, wen haben wir denn hier?«, fragte der Herzog mit seiner vollen und tiefen Stimme. »Wie geht es denn, junger Mann?«

Otto grinste und reichte seine Hand: »Danke, gut, Onkel, mir geht es gut, sehr gut.«

Der sprachlose Amtmann vergaß, seinen Sohn vorzustellen. Die Amtfrau erbleichte. Ihre Hände flogen vor ihr Gesicht, gefaltet wie zum Gebet. Karoline war schockiert, genau wie die Offiziere und Stadträte. Der Herzog aber lachte, lachte schallend, indem er den Kopf zurückbog und ein tiefes Lachen von sich gab, ein Lachen, das aus dem Bauch kam. Dann drehte er sich zu der inzwischen breit lächelnden Gräfin Karoline.

»Ihr Fräulein Tochter?«, fragte der Herzog, auf das junge Mädchen herunterlächelnd, dann auf den Amtmann sehend.

»Nein, Hoheit, Gräfin Karoline ist die Nichte meiner Frau … Darf ich vorstellen: Gräfin Karoline, älteste Tochter des Grafen Ernst August von Radegast …«

Nun blickten alle königlichen und bürgerlichen Gäste auf Karoline, die mohnblumenrot in einen tiefen Hofknicks versank. Ihr Herz klopfte wie eine Trommel. Oh, die Geschichten, die sie erzählen konnte, oh, die Aufregung, die englische Eleganz – die Frisuren der Damen, ihre Roben, ihre exquisiten Juwelen, ihr zierliches Schuhwerk, ihre majestätische Haltung!

Das Lachen des Herzogs setzte den Ton des ganzen Tages. Er blieb nur den Tag und fuhr nach dem Abendessen weg, gerade zur Zeit des Sonnenuntergangs.

Der Tag war in einem Reigen von Essen und Getränken und Spaziergängen im Schlossgarten verbracht worden. Nach seinem Begrüßungsirrtum war Otto in die Kinderstube verbannt worden, wurde aber zum Abschied auf Wunsch des Herzogs nach unten gerufen.

Karoline, deren Gemütsverfassung und Selbstbewusstsein durch den Wein und die Komplimente eines jungen hannoverschen Offiziers um hundert Prozent angestiegen waren, tanzte Pirouetten den ganzen langen Korridor zu ihrem Zimmer entlang.

Stina hatte sie schon verschiedene Male gebeten, doch stillzustehen, um ihr beim Ausziehen helfen zu können. Aber Karoline war zu sehr mit den Geschehnissen des Tages beschäftigt, um Folge zu leisten. Ihr Kopf schwamm mit all dem, was sie gehört hatte, und sofort entschloss sie sich, ihrer harmlosen Magd die Überlegenheit ihrer Gedankengänge zu zeigen.

»Stina, wie war es denn, als Bernadotte, Kronprinz der Schweden, hier war?«

Die arme Magd, die sich gerade auf einen komplizierten Kleiderhaken konzentrierte, ließ auf Antwort warten.

»Aua, Fräulein … bitte um Verzeihung … gnä' Fräulein,

bleiben Sie bitte stehen. Ich hab Sie noch nicht ganz auf-
gehakt!«

»Beantworte meine Frage!«, befahl streng das gnä' Fräulein.

»Was? Wie bitte? Wer? Bernadotte? Ich war da noch nicht
geboren, gnä' Fräulein, aber ich weiß von meinen Großel-
tern, was das für eine schwere Zeit war.«

»Was sagst du da? Schwere Zeit? Schwere Zeit?«

»Ja, denken Sie nur. 25.000 Soldaten und 7.000 Pferde kamen hierher, ungefragt, einfach so, und verlangten für zwei
Wochen, gefüttert zu werden, bevor der Schwedenprinz
weiterzog!«

Hochmütig blickte Karoline auf die kleine Magd hinunter: »Meine Güte, so schlimm kann es nicht gewesen sein,
denn dieses Gebiet ist ein reiches Landwirtschaftsgebiet!« Sie
freute sich, *reiches Landwirtschaftsgebiet* so natürlich gesagt
zu haben, so als würde sie jeden Tag darüber sprechen, und
nicht, als hätte sie es nur zwei Stunden vorher den Herzog
sagen hören.

»Was?«, fragte Stina wieder, tiefe Röte in ihr Gesicht schie-
ßend. »Was? Und das alles, nachdem wir hier nur ein Jahr
vorher 100.000 Franzosen und 25.000 Pferde füttern mussten? So was!« Sie schielte auf die junge Gräfin: »Ach, was
wissen Sie denn schon, gnä' Fräulein!«, und riss mit einer
harschen Bewegung den winzigen Haken auf und befreite
somit die Massen von weichem weißen Muslim um Karolines Taille herum.

»Komm und bürste mir die Haare, Stina, und dann kannst
du gehen. Sag mal, wusstest du, dass diese Stadt einen Komponisten hat?«

Zitternd nahm Stina die Bürste in die Hand. Karolines arrogantes Benehmen hatte sie getroffen. Sie antwortete nicht, und sie blickte ihre junge Herrin auch nicht an, weil sie fürchtete, ihre Fassung zu verlieren.

Karoline, die inzwischen ihre Arroganz bereute, sagte nun weich und schmeichelnd im Plauderton: »Weißt du, er hätte heute nämlich hier sein sollen, um dem Herzog und der Herzogin aufzuspielen, aber er hat noch nicht einmal auf die Einladung geantwortet!«

Innerlich verletzt gab Stina zurück: »Ja, warum sollte er denn?« Aber fügte dann schnell hinzu: »Wenn man an seine Familie denkt und so!«

Karoline nickte: »Erzähl mir von ihm. Kennst du ihn oder seine Familie?«

Stina, getröstet, erzählte alles, was sie wusste: »Ja, die leben auf der Kleinburg, in einer Kate auf dem Hof. Der neue Besitzer erlaubt ihnen, dort zu wohnen, bis sie sterben. Aber nur noch die Eltern von Friedrich Wilhelm leben dort und ein Bruder und eine ältere Schwester.«

»Und die anderen Geschwister? Und er selbst?«

»Die anderen Geschwister sind alle verstreut, viele sind weggezogen, die meisten sind verheiratet. Aber Friedrich Wilhelm zog nach Mecklenburg, als er zehn war. Er ist nie wieder zurückgekommen, und wir alle glauben, dass er nicht wieder herkommt …« Stina sah Karolines erschrockenes Gesicht im Spiegel und sagte schnell: »Sehen Sie, gnädiges Fräulein, als er geboren wurde, da ließ sich für ihn kein Pate finden. Er wurde ohne Gevatter getauft, und weil doch sein Vater bankrott war und seinen Hof verkaufen und Scharfrichter werden musste …«

Karoline keuchte entsetzt: »Scharfrichter?«

»Ja, gnä' Fräulein, das Amt musste nun der alte Mann annehmen. Und somit schickte er seinen jüngsten Sohn über die Elbe, und er wurde dort sehr gut behandelt und auch sein Musiktalent wurde gefördert …«

»Wie hat der Vater denn gewusst, dass er Musiktalent hat?«

»Das, gnä' Fräulein, das war einfach! Sein Vater ist selber Musiker, deshalb war doch der Hof so vernachlässigt. Der alte Mann war ja oft in der Gartenlaube im Obstgarten und spielte dort Flöte. Und Friedrich Wilhelm war immer mit seinem Vater zusammen, und dann, eines Tages, fragte er ihn, ob er nicht ein bisschen Draht hätte, denn er wollte vier Drähte an sein Schlafzimmerfenster angenagelt haben – und damit fing er an zu komponieren. Na ja, vier Drähte denken wir, sind wohl wie eine Geige.«

Irritiert schüttelte Karoline ihre dunklen Locken. Stina wusste von Bernadotte und sie kannte die Geschichte vom talentierten Komponisten! Sie war davon überzeugt, dass Stina gar nichts wusste, und nahm sich vor, sich bei ihrer Tante zu vergewissern. Etwas ungehalten ließ sie Stina wissen, dass sie gehen könnte und morgens um sieben Uhr mit einer heißen Schokolade geweckt werden wollte.

Eingeschüchtert knickste Stina und ging rückwärts aus dem Zimmer hinaus. Stinas demütige Haltung beschwichtigte Karoline, die nun wieder vergnügt und sorgenlos durchs Zimmer tänzelte.

Später, aufrecht im Bett sitzend, dachte Karoline immer noch an den jungen Komponisten. Seine Geschichte faszinierte sie. Sie las gerade eine romantische Erzählung. Als sie an ihre Lieblingsstelle kam, stockte ihr der Atem. So erging es ihr immer, wenn sie die Passage las. Sie versuchte, es sich vorzustellen: der junge Mann, der sich den Brustkasten auf-schnitt, um dort einen Goldfaden hineinzulegen, der ihm von einer jungen Dame geschenkt worden war. Und dann, das muss man sich mal vorstellen, schnitt er die verheilte Wunde wieder auf, um den Goldfaden herauszuholen, um ihn dieser jungen Dame zu zeigen. Eine junge Dame, die gesellschaftlich so viel höher stand als er, eine Dame aus aristokratischer, nobler Familie!

Schläfrig, was dem Wein, den sie getrunken hatte, zuzuschrei-ben war, aber auch der Aufregung des Tages, und schläfrig, weil sie müde war – alles vermischte sich zu einem berau-schenden *Potpourri* in Karolines angestrengtem Gehirn. Der junge Mann und sein Goldfaden verwandelten sich in den jungen Komponisten und seine primitive Fenstergeige. Der Komponist, den Karoline nie gesehen hatte, hatte das Ge-sicht und das Verhalten des jungen hannoverschen Offiziers am Nachmittag, die Musik, die ihr im Ohr steckte, waren Bachs *Brandenburgische Konzerte …*

Das Buch fiel auf Karolines Federbett, dünn und leicht und mit Daunenfedern gefüllt, der Jahreszeit angemessen, ihr Kopf rutschte zur Seite, die Kerze flackerte und dann, dann stand ein junger Mann am Fußende ihres Bettes, sein Gesicht blass und seine Augen Schalen voller Traurigkeit. Als sie ihre Augen öffnete, konnte Karoline ihn klar sehen: groß und gut aussehend mit einem Schopf von hellem Haar, so gelb wie Weizen. Er trug ein graues kragenloses Hemd, die Ärmel waren aufgerollt, die grauweiß gestreifte Hose mit gerolltem Zwirn hochgehalten.

»Wer sind Sie?«, fragte sie schläfrig.

»Ich bin Alfred.«

Karoline versuchte, sich aufzurichten, ihr war schwindlig.

»König Alfred?«

»Nein«, kam die prompte Antwort. »Alfred. Alfred Martens.«

Karoline schrie. Ihr Schrei schrie aus der Tür hinaus, den Korridor entlang, die Treppen hinunter, ein Schrei, der die Hunde bellen und den Nachtwächter auf seiner Runde stoppen ließ. Er marschierte, wie es seine Gewohnheit war, zur vollen Stunde um das Schloss herum und wollte gerade »Es ist Mitternacht bei der Uhr und alles ist in Ordnung …« ausrufen, als Karolines Schrei die Nacht in vorher und nachher zerschnitt.

Karoline, nicht mehr allein, wurde Riechsalz unter die Nase gehalten, kalte Umschläge auf die Stirn geklatscht, ihr wurde Schlafpulver verabreicht und verschiedene Umarmungen von ihrer Tante gegeben. Die Amtfrau, die auf Karolines Bettkante saß, sah ihren Mann an, der am Türpfosten lehnte: »Sie ist einfach zu sensibel, so sehr empfindlich …«

Karoline, mit einem Gesicht so weiß wie das gestärkte Kissen, auf dem sie lag, glitt in den Schlaf. Ihre Tante seufzte, ihr Onkel nickte. Die Köchin schlurfte mit den Füßen. Sie nickte noch einmal, blies vorsichtig Karolines Kerze aus, nachdem sie alle geschlossenen Fenster geprüft hatte und der Amtmann und die Amtfrau sich zurückgezogen hatten. Auf Zehenspitzen ging sie aus dem Zimmer und begab sich selber zu Bett.

Friede und Stille breiteten sich über das Schloss aus und ließen es wieder in einen tiefen Schlaf fallen.

ANNO 1951

»… natürlich kannst du es machen. Niemand hat dich je gefragt – oder?« Hannelore schüttelte den Kopf. Nein, niemand hat jemals gefragt, warum sie oben war oder warum sie da im Lager herumstand oder warum sie so eine Menge Bücher schleppte.

Sie zögerte und kaute die Innenseite ihrer Wange. Sie würde es tun. Sie würde Bücher ihres Verleger-Onkels *organisieren*. Der Verlag stand kurz vorm finanziellen Zusammenbruch. Hannelore hatte eine Unterhaltung ihrer Eltern gehört. Sie hatte nicht gehorcht. Seit dem Ende des Krieges war ihre Familie im Kutscherhäuschen des Schlosses untergebracht, das so sehr elegant als *Remise* von ihrer Tante beschrieben wurde. Dort gab es nicht viel Platz.

Hannelore seufzte. Ihre Gedanken wanderten, wanderten zu der Zeit, als sie noch im Ausland lebten, als das Leben so sehr anders war. Herr Faber, ihr Vater, war Bankkaufmann. Ihre Mutter war Hausfrau, eine frühere Pianistin, die ihre Karriere ihrer Heirat wegen aufgegeben hatte. Und Bruder Rolf war Bruder Rolf, achtzehn Jahre alt, zwei Jahre älter als sie, der fürs Abitur büffelte.

»Na?«, die Frage von Herrn von Reden weckte sie aus ihren Träumereien auf.

»Ja. Ich machs. Aber bestimmt das letzte Mal!«

Der Lektor grinste und sein Kumpel Herr Wille auch. Keiner von beiden hatte im letzten Vierteljahr Gehalt ausbezahlt bekommen. Beide wussten, dass sie bald gezwungen waren, sich einen neuen Arbeitsplatz im neuen Deutschland, einem Deutschland der Nachkriegsjahre, suchen zu müssen. Keiner von beiden hatte die geringsten Bedenken, das Stehlen der Bücher der Nichte des Verlegers zu überlassen, Bücher, die schnell in dringend benötigtes Bargeld verwandelt werden konnten.

Hannelore stolperte über Kabel und Drähte auf der frisch geteerten Allee, als sie am nächsten Tag von der Schule nach Hause kam. Ihr Herz schlug schneller. Die Filmmannschaft war da! Sie waren da, allesamt. Zwei riesige Limousinen waren an der Seite geparkt, Kombis und Lastwagen standen im Innenhof. Ein Film sollte vom Schloss gemacht werden, eine Romanze in der Lüneburger Heide. Sie warf ihre Schulsachen aufs Bett und stieg schnell in ihre heiß geliebte Jeans und wollte so schnell wieder draußen sein, dass sie sich noch nicht einmal die Zeit nahm, den kurzärmeligen rehbraunen Pulli in die Hose zu stecken. Eins, zwei, drei Stufen auf einmal. Hannelore flog die Treppe im Hauptflügel des Schlosses hinauf, rauf ins Verlagsbüro … und blieb genauso plötzlich wie eine Wachsfigur stehen.

Die ganze Verlagsbelegschaft war versammelt. Alle sahen auf den Boden, alle sahen peinlich berührt aus. Herr Faber, der Verleger, war außer sich. Sein langes weißes welliges Haar war vom Wind zerzaust, der durch die weit geöffneten Fenster strich. Seine Stimme überschlug sich, er schnappte verschiedene Male nach Luft. Seine Frau stand neben ihm. Ihre Augen, so kalt wie Gletscher, glitten wie scharfe Eiszapfen im Raum herum, durchstachen die Angestellten.

»… ich verlange, nein, ich *bestehe* darauf, dass bei Punkt fünf

Uhr heute Nachmittag, bevor Sie das Haus verlassen, der Übeltäter mir schriftlich klipp und klar seine Tat gesteht …«
Hannelore wurde schlecht vor Schuld und Scham. Sie war entdeckt, ihr Diebstahl herausgefunden worden. Verzweifelt versuchte sie, Zuspruch von den beiden Lektoren zu kriegen, aber beide erwiderten nicht ihren Blick, sie schienen durch sie hindurchzusehen.

Die Stimme ihres Onkels bellte: »… und wie oft habe ich gesagt, Ihnen allen *befohlen*, während Gerichtssitzungen **nicht** ins Lager zu gehen? Und gestern, ausgerechnet gestern, stand der Landesrichter dem Gericht vor und befand sich in der unangenehmen Situation, seine Ausführungen vom Getrampel im Lager unterbrochen zu wissen. Ja, *ruiniert,* weil einer meiner Angestellten sich oben im Lager zu schaffen machte, auf den schiefen Bohlen einen ungeheuren Krach verursachte …« Im Ostflügel des Schlosses wurden Gerichtssitzungen abgehalten, zu ganz bestimmten Daten, und das Lager des Verlages befand sich im Dachboden darüber.

Hannelores Gedanken überschlugen sich, und es half nicht, als ihr Onkel hinzufügte: »… sollte ich keine Bestätigung oder Entschuldigung bis fünf Uhr erhalten haben, dann werde ich Sie alle entlassen, damit Sie es wissen. Ich werde die gesamte Belegschaft *feuern*!«

Hannelore, deren Schuld sie geradezu seekrank machte, hob ihre Hand: »Onkel Johann, ich war es. Ich war gestern Nachmittag im Lager.«

Im Raum wurde es totenstill. Und trotz ihrer Angst stellte Hannelore mit Genugtuung fest, dass sie jetzt die uneingeschränkte Aufmerksamkeit der Herren von Reden und Wille hatte.

»Du, Hannelore? Was veranlasste dich, ins Lager zu gehen? Was, zum Kuckuck, hast du da gewollt?« Die Stimme von Herrn Faber schäumte über vor Wut.

»Wer hat dir Erlaubnis dafür erteilt?«, fuhr ihre Tante dazwischen, Frost in der Stimme.

»Ich … ich …« Atemlos spuckte Hannelore die schamlose Lüge aus. »Ich war auf der Suche nach dem Gespenst.«

»*Dem Gespenst?*«

»Ja, das Gespenst von Alfred Martens, weißt du, der doch Maurer war, der, der aus *dem* Fenster fiel!«, und Hannelore zeigte auf das Eckfenster, da wo West mit Ost zusammentrifft.

Uff! Hannelore saß in der offenen Tür von einem der Kombis im Innenhof. Sie hatte mit einigen Mitgliedern der Filmmannschaft geklönt und war fasziniert von den Geschichten, die sie gehört hatte. Was für ein Leben! Was für ein Traumleben! Aber dann fiel ihr ein, dass sie vorhin gelogen hatte, gelogen, dass sie nach dem Gespenst gesucht hätte. Das war dumm gelaufen, richtig dumm. Hannelore kaute die Innenseite ihrer Wange. Was wäre gewesen, wenn sie das Gespenst gesehen hätte, was wäre, wenn sie beweisen könnte, dass sie Alfred Martens wirklich gesucht hatte? Dass sie nicht ein kleines dummes Mädchen war?

Auf ihre Füße fiel Schatten. Hannelore sah auf. Zwei große Mädchen standen vor ihr, grinsten auf sie hinunter.

»Na, siehst'n Gespenst?«, höhnten sie.

Hannelore runzelte die Stirn. Sie schüttelte den Kopf.

»Sag uns Bescheid, wenn es dir auf deiner nächsten Suche übern Weg läuft. Wir wären gerne mit dabei … wenn es uns die Zeit erlaubt!«

Immer noch finster blickend nickte Hannelore. Sie beobachtete die beiden, als sie zum Ostflügel schlenderten. Sie hatte die Augentusche bemerkt, den Lippenstift, den Fingernagellack, den Zigarettengeruch, sie hatte die Zeitschriften gesehen, die Limonadenflasche und die leere Konfektschachtel.

Typisch, dachte sie*, so typisch. Der Vater ist weggefahren und dann legen die beiden sich hinter den Turm, können von allen im Schlosspark gesehen werden, rauchen, knabbern Konfekt und lesen Frauenzeitschriften!* Der Vater der Mädchen war ein strenger Mann, unnatürlich streng, und erlaubte so etwas ganz und gar nicht. Mit dem Ergebnis natürlich, dass seine Töchter seine Verbote missachteten, wenn er nicht zu Hause war. Der Vater war ein weltberühmter Wissenschaftler, der für den Verlag einen Bestseller schrieb. Und solange er daran arbeitete, lebte er mit seiner Familie im Ostflügel des Schlosses. Ein Schloss, das früher einmal die Sommerresidenz von König Heinrich des Löwen war.

Dieser Gedanke amüsierte Hannelore so sehr, dass sie laut auflachte.

»Na? Was gibt es denn zu lachen, Hannelore?«, fragte ihre Tante, ihren Schatten ganz über das erschrockene Mädchen breitend.

»Oh, nichts, Tante Hilda«, stotterte Hannelore.

»So, so. Jetzt hör mir einmal genau zu!«, sagte Frau Faber mit scharfer Stimme.

Schnell sprang Hannelore auf und faltete ihre Hände.

»Ich denke mir, dass du für deine Missetat sühnen solltest!« Hannelore hörte auf zu atmen. Und so was war ihre Patentante! Und zu denken, dass sie, Hannelore, dieser Patentante

Jahre hinweg liebevolle Briefe geschrieben hatte, hübsch und farbenfroh bemalt. Und dass sie nicht gewusst hatte, als was für ein Drache sich diese Tante entpuppen würde.

»Wir werden morgen Abend ein Abendessen für die Filmmannschaft geben, und da wir nicht genug Dienstpersonal haben …«, Hannelore zwinkerte, »haben dein Onkel und ich beschlossen, dass du helfen solltest, das Essen zu servieren …«, sagte ihre Tante hochtrabend, fügte dann aber blitzschnell hinzu: »Vorher auch Cocktails und nachher Kaffee und Cognac!«

Hannelore schluckte hart. Die engen Augen ihrer Tante sahen jede Kleinigkeit. Als Hannelore sprechen wollte, schnitt Frau Faber ihr das Wort ab: »Deine Eltern haben ihre Einwilligung gegeben. Sie werden Gäste sein …«, und dann, als letzte und kalkulierte Demütigung schoss Frau Faber ihren letzten Giftpfeil mit betont langsamer Stimme auf ihre Nichte ab: »… und auch dein Bruder!«

»Ich bin Aschenputtel … Aschenputtel … Aschenputtel«, trällerte Hannelore am folgenden Abend, als sie sich bückte, um sich im Spiegel zu sehen. Sie bürstete ihre widerspenstigen Locken glatt und band sie zu einem ordentlichen Pferdeschwanz zusammen. Sie hatte sich glattweg geweigert, ein weißes Käppchen oder einen Dutt zu tragen. Es war schon schlimm genug, dieses süß-niedliche Spitzenschürzchen umbinden zu müssen! Sie machte einen Schmollmund. Hannelore musste lachen. Brigitte Bardot – oh nein!

»Ja, Mama, ich komm ja schon!« Hannelore flog die wackelige Treppe hinunter und stoppte mit einem Schlag vor ihrer Mutter.

»Oh, Mama, du siehst schön aus!«, und plötzlich füllten sich

Hannelores Augen mit Tränen. Frau Faber wusste, was ihre Tochter empfand.

»Ist schon gut, Hannemaus«, flüsterte sie, als sie ihre Tochter tröstend in die Arme nahm, »ist schon gut. Es wird jetzt nicht mehr lange dauern, bis wir zurückgehen.«

Hannelore schniefte: »Ist das dein Ernst?«

»Ja, natürlich, mein Herz. Papa hat schon alle möglichen Verhandlungen eingeleitet.«

»Na, was ist mit dir? Warum bist du denn so heulsusig?«

Rolf kam aus seinem Zimmer geschossen und starrte seine Schwester feindselig an.

Aber Hannelore war nicht nach Streit zumute. »Mama sieht so schön aus, so elegant, findest du nicht auch? So wie früher ... weißt du ... so wie damals.«

»Ja, du hast recht«, stimmte Rolf zu. »Und ich dachte, du heulst, weil du heute Abend servieren musst, weil du doch ...«

»Das reicht, Rolf!«, unterbrach Herr Faber seinen Sohn.

»Es wird langweilig, Hannelore immer wieder an ihre Fehler zu erinnern. Man sollte denken, dass Leute, die im Glashaus sitzen ...« Er warf einen schnellen Blick auf seine Armbanduhr, beendete den Satz nicht, sondern murmelte stattdessen: »Lasst uns rübergehen. Es wird Zeit.«

Draußen legte er einen Arm um die Schulter seiner Tochter und zog sie eng an sich. Dann flüsterte er ihr ins Ohr: »Deine Tante hat eine merkwürdige Art, Fehler und Missetaten zu bestrafen. Aber mach dir nichts draus, mein Kind! Genieße den Abend so sehr wie möglich und denk dran«, hier lächelten seine Augen spitzbübisch, »du kannst herumstehen und alles hören, was jeder zu sagen hat!«

Ja, *natürlich*! Hannelores Herz hüpfte vor Freude. Servieren hatte doch seine Vorteile!

Sie warf sich mit Begeisterung in ihre Arbeit, nahm Hüte und Schals entgegen und Umhänge und sogar einen Nerzmantel (wie kann man bloß schon im September einen *Pelzmantel* tragen?), lächelte und knickste und war den Gästen behilflich, so gut, wie sie konnte.

Hannelore machte es Spaß, das Essen zu servieren. Aber sie war froh, dass sie nicht den Wein eingießen musste, der von Fritz, dem Boten, serviert wurde.

Sie summte vor sich hin, sang und trällerte, als der erfolgreiche Abend seinem Ende zuging. Sie hatte sogar in der Küche geholfen, hatte hauchdünne Gläser poliert, das Geschirr weggestellt, Tassen und Untertassen, hatte das Silberbesteck umsichtig in die ausgelegten Schubladen einsortiert.

Frau Bartels, die angeheuerte Köchin, streckte ihr schmerzendes Kreuz: »Weißt du was, Hanne, ich glaube, dass wir heute Nacht noch Gewitter kriegen. Kannst du's fühlen?«

Hannelore schüttelte den Kopf.

»Wo ist Fritz?«

Erneut schüttelte Hannelore den Kopf. Sie war müde.

»Meine Güte ja, überall sind die Fenster offen. Jemand muss sie zumachen, bevor es anfängt zu regnen.«

Und da, da war das erste Donnergrollen. Hannelore lief zur Tür, drehte sich um, rief: »Wenn Fritz kommt, sagen Sie ihm bitte, dass ich im zweiten Stock bin!«

Noch nie war Hannelore nachts oben im Schloss gewesen. Ihr war unheimlich zumute.

Aber sie war erleichtert, als sie im Eckzimmer war, ihr Lieblingsraum im Schloss, das Büro der Lektoren. Der Nacht-

wind heulte und wirbelte Papiere in die Luft, die auf den Fensterbänken landeten. Schnell lehnte sich Hannelore vor, um ein Fenster zu schließen. Und das nächste und dann das dritte, vierte und wieder das nächste. Und dann stand sie am Eckfenster und lehnte sich raus, weil ein Fensterflügel sich voll geöffnet hatte und gegen die Hauswand schlug. Der Wind hatte sich verstärkt, und Hannelore musste sich weit nach draußen lehnen, um den Fenstergriff zu erwischen, als ihre Hand festgehalten wurde, in einem eisernen Griff versuchte, sie nach unten zu ziehen. Der Schock lähmte sie. Sie versuchte, sich zu befreien, immer und immer wieder. Ihr Arm tat weh, die Sehnen und Muskeln bis aufs Äußerste angespannt. Es war so schmerzhaft, dass Hannelore aufschrie: »Lass mich los, Alfred Martens, lass mich endlich los!« Der Griff ließ nach, hielt sie aber immer noch fest.

»Was willst du denn? Willst du, dass ich so sterbe wie du?« Der Griff erlahmte. Ihre Hand war frei. Hannelore schloss das Fenster, sie war fast ohnmächtig vor Angst und Erschöpfung. Es war schwer, das Fenster zu schließen, und als sie ein Stückchen Papier im Fensterschloss entdeckte, griff sie danach, sah aber zur selben Zeit Alfred Martens vor der Fensterscheibe. Sein Gesicht war totenblass, sein Haar hatte die Farbe von reifem Weizen, seine Augen waren Schalen von tiefer Traurigkeit. Hannelore hielt den Atem an, zerknitterte das Papier in der Hand. Sie schaffte nur mit Schwierigkeit, die Treppe runterzugehen, und als sie unten ankam, wartete Fritz auf sie. Schwach und mit zitternden Knien bat sie ihn, sie ins Kutscherhäuschen zu bringen. Fritz sah sie prüfend an, stellte aber keine Fragen.

Wie eine Schlafwandlerin kletterte Hannelore die Treppe zu

ihrem Zimmer hinauf. In den Händen war immer noch das kleine Stück Papier. Sie hielt es unter die Nachttischlampe. Es war nur ein Fetzen Papier, grob und eingerissen. Und jemand hatte mit unbeholfener Schrift darauf geschrieben: »Dele. Helft Dele.«

ANNO 2001

Die Eule schrie, der silberne Sichelmond schien kalt durch die hohen Fenster. Hin und wieder wurde er durch dünne fedrige Wolken verdunkelt.

Kara wälzte sich unruhig in ihrem Schlafsack. Sie war halb wach, und als sie mit dem Fuß gegen die Wand stieß, wachte sie vollends auf. Sie setzte sich hin, fiel aber gleich wieder zurück und hielt sich den Kopf. Sie war heftig gegen die Unterseite des Regals gestoßen.

»So ein Quatsch!«, murmelte sie und rieb sich den Kopf. »So eine Schnapsidee!«

»Was sagst du da?«, fragte eine verschlafene Stimme.

Vorsichtig hob Kara den Kopf. Wessen Stimme war das? Wo kam sie her? Sich immer noch den Kopf reibend, plierte sie mit schmalen Augen in die Dunkelheit.

Natürlich, Lucy. Es war Lucy, die unterm langen Schreibtisch lag, während Kara es sich unterm breiten Regal gemütlich gemacht hatte. Gemütlich? Kara schnaufte.

»Ich hab gesagt, es ist Quatsch, was wir hier machen. Das Gespenst kommt so bestimmt nicht!«

»So? Hast du vielleicht 'ne bessere Idee?«, schnappte Lucy zurück.

Kara legte sich hin und tat, als wäre sie wieder eingeschlafen. Sie reagierte auch nicht, als Lucy erneut ihren Namen rief.

Sie wachte erst wieder auf, als Lucy sie wach rüttelte; »Mach zu, wir müssen hier weg. Schnell, Kara, beeil dich, sonst kriegen wir Ärger!«

Es war schon nach sieben, und als sie die breite Treppe runterliefen, entschlossen sie sich, schnell im Café zu frühstücken.

Sie lächelten sich zu, als sie sich in der Morgensonne gegenübersaßen.

Lucys blaue Augen weiteten sich: »Meine Güte, was hast du denn im Haar?«

Kara runzelte die Augenbrauen: »Wo?«

»Na, hier. Du hast ja einen richtigen kleinen Zopf geflochten. Was ist denn das für ein Band?« Lucy lehnte sich vor und hob einen kleinen Zopf an Karas rechter Kopfseite hoch, in dem ein altes vergilbtes Band eingeflochten war.

Kara ließ vor Schreck ihr Messer fallen. Kreidebleich hauchte sie: »Lucy … Lucy …«

Lucy, nun auch blass, ließ den Zopf fallen und fuhr sich mit beiden Händen durch ihre hellen seidenen Haare.

Kara schüttelte den Kopf.

»Alfred«, flüsterten beide, »Alfred Martens!«

Fassungslos starrten sie auf das kurze breite Band, das an beiden Enden ausgefranst war. Karas Herz klopfte heftig.

Sie sagte wie beiläufig: »Ein hübsches Lesezeichen, findest du nicht auch?« Als sie Lucy mit geneigtem Kopf ansah, fing die an zu lachen, und dann lachte auch Kara. Sie nickten sich zu: »Na also! Alfred Martens ist in dem Zimmer, wo sich West und Ost treffen.« Die Nacht dort hatte sich gelohnt.

Der Tag verging schnell, alles ging ihnen leicht von der Hand. Kara und Lucy waren für drei Monate Praktikantinnen im Elbschloss. Ein Monat war bereits vergangen und beide wollten mit aller Gewalt das Gespenst von Alfred Martens zur Ruhe bringen, ihn befreien. Beide wussten nichts Genaues über ihn, aber sie wussten, dass er aus dem Eckfenster des ersten Stockes gestoßen worden war, als der Hauptflügel des Schlosses im siebzehnten Jahrhundert gebaut wurde. Sie wussten auch, dass er von einem Widersacher ermordet wurde. Der Mörder hieß Heini Albers, das Mädchen, um das es ging, Dele.

Beide, Kara und Lucy, waren romantisch veranlagt. Sie hatten sich erst im Elbschloss kennengelernt und teilten ein Künstlerstudio in der vormaligen Remise. Beide hatten ihr Abitur gut bestanden und sollten im Herbst mit ihrem Studium beginnen: Kara Moderne Europäische Geschichte und Englisch und Lucy Internationales Recht.

Diesen Monat, es war Juli, arbeitete Kara im Schlossladen und Lucy im Archiv. Beide hatten im ersten Monat im Café gearbeitet und kannten dadurch alle Angestellten, aber auch die Bürger, die regelmäßig zum Kaffeetrinken kamen.

Es war kurz vor Geschäftsschluss, als Gesa, die im Café servierte, in den Laden gestürzt kam. »Habt Ihr gehört?«, rief sie, ohne sich zu vergewissern, ob noch Kunden anwesend waren. »Nächsten Monat, am 26. August, wird ein Burgfest veranstaltet, wisst ihr, von anno 1600!« Gesa war ganz aufgeregt und knallrot im Gesicht.

»Prima!«, freute sich Kara. »Machen wir mit?«

»Natürlich!«, lachte Gesa. »Wir doch alle. Wo ist Lucy?«

»Hier!«, kam die Antwort. Lucy kam aus dem Teil des Ladens, den man vom Empfangstisch aus nicht sehen konnte.

»Und als was machen wir mit?«

Gesa zuckte mit den Schultern, sagte aber gleich: »Frau Dunkelroth wird uns das schon sagen.« Sie zögerte und etwas verlegen fragte sie: »Habt ihr Lust, morgen zu mir zu kommen? So um sechs? Dann essen wir Abendbrot.«

»Und wo wohnst du?«, fragte Lucy.

Gesa machte eine ausschweifende Bewegung: »Immer dem Sommerdeich entlang, bis Ihr fünf alte Eichen seht!«

Es war Viertel nach fünf, als Kara und Lucy sich aufmachten, um zu Gesa zu radeln. Die Sonne brannte immer noch heiß. Es war das erste Mal, dass sie durch die Elbwiesen fuhren. Sie staunten über die vielen Schafe, die friedlich in der Nähe grasten. Zwei Hirtenhunde lagen im Schatten eines Busches und beobachteten die Herde. Sie standen auf und spitzten die Ohren, als sie die Mädchen sahen. Kein Schäfer war anwesend. Die Lämmer sahen wie dunkle Wollknäuel aus. Kara hätte am liebsten vor Vergnügen in die Hände geklatscht.

»Wie schön!«, rief Kara Lucy zu, die vor ihr radelte. »Wie schön alles ist …«

»Ja, aber auch hauptsächlich, weil wir eine Brise Wind von der Elbe her kriegen!«

Die Mädchen radelten schweigend weiter. Jedes hing ihren eigenen Gedanken nach. Sie waren allein auf weiter Flur, auch war kein Schiff auf dem Fluss zu sehen und niemand am östlichen Ufer. Kara dachte darüber nach, wie es wohl hier vor vierhundert Jahren aussah, als das Schloss gebaut wurde. Sie seufzte, denn sie fand, dass es schon schwer genug war, sich die Gegend vorzustellen, als ihre Großmutter als Sechzehnjährige kurz nach dem Zweiten Weltkrieg für ein paar Monate im Kutscherhäuschen des Schlosses lebte. *Meine Güte ja*, dachte sie, *das ist ja schon über fünfzig Jahre her!*

»Träumst du?«, rief Lucy und bimmelte mit ihrer Fahrradklingel.

»Nö, ich dachte nur an meine Großmutter, als die jung war«, antwortete Kara.

»Wie kommst du denn darauf?«

»Ach, sie hat hier gewohnt, als sie sechzehn war, im Schloss. Und ich dachte gerade nach, wie es wohl damals hier aussah, vor fast fünfzig Jahren.«

Lucy lachte: »Komisch. Und ich dachte darüber nach, wie es vor über vierhundert Jahren war, als es noch kein Schloss gab!« Sie musterte Kara von der Seite. Sie staunte immer wieder über sie. Es gab so vieles, was sie von Kara nicht wusste. Und nun auch noch eine sechzehnjährige Großmutter!

»Sag mal …«, begann sie, aber im gleichen Moment rief Kara aus: »Guck mal, da sind die Eichen. Wir sind da!« Sie warf einen Blick auf ihre Armbanduhr. Sie hatten eine knappe halbe Stunde für die Fahrt gebraucht.

*

Das Gehöft *Fünf Eichen* sah einladend aus. Der Garten war von einem braunen Jägerzaun umgeben, ein leichter Abhang lief auf die Elbe zu. Überall waren Blumen und Büsche, aber auch überall standen kleine runde Tische mit Stühlen. Die Tische und Stühle waren grün und auf den Tischen lagen grün-weiß karierte Decken. Auf den Tischen standen keine Schnittblumen, sondern weiße Zwergalpenveilchen.

Lucy und Kara sahen sich fragend an. War dies ein Gasthaus? Und wenn ja, warum arbeitete Gesa denn im Schloss?

Gerade als Lucy etwas sagen wollte, kam Gesa um die Ecke gelaufen, gefolgt von einem bellenden Redsetter.

»Pssst«, machte Gesa und strich dem Hund beruhigend über den glänzenden Nacken, »sei still, Bello, das sind doch Kara und Lucy.« Freudestrahlend nickte sie den beiden zu: »Kommt ihr mit? Wir essen draußen, draußen hinterm Haus.«

Gesas Eltern saßen bereits am gedeckten Tisch unter einer Pergola. Herr Albers erhob sich und begrüßte die Mädchen mit einem forschen: »Na, wie gefällt euch denn das Leben auf dem Schloss?«

Kara nickte: »Gut, danke. Guten Abend«, und schüttelte die ausgestreckte Hand. Sie drehte sich zu Frau Albers um, reichte ihr die Hand.

Frau Albers sagte lachend: »Wenn's euch nichts ausmacht, dann duze ich euch … siezen ist kompliziert!«

Und während sie Lucys Hand schüttelte, sagte sie: »Ich bin froh, dass ihr hier seid. Dann können wir ja essen. Ich bin kurz vorm Verhungern! Also, du bist Kara und du bist Lucy!«

»Oh«, fragte Gesa, »kennt ihr Schichtsalat?« Und dann gab's keine Fragen mehr, denn es wurde gegessen.

Aufseufzend lehnte sich Lucy zurück: »Das war lecker!«

»Gut«, nickte Frau Albers. »Alles selbst gemacht.«

»Was?«, fragte Kara. »Sogar das Brot?«

»Ja«, lachte Frau Albers. »Sogar das Brot!«

Lucy fragte zögernd: »Ist dies hier ein Gasthaus?«

Gesa sagte schnell: »Ja. Aber nur tagsüber. Wir haben keine Fremdenzimmer.«

Kara fing einen forschenden Blick von Frau Albers auf,

den sie nicht zu deuten wusste. Deshalb sagte sie zu Gesa: »Dann könntest du doch hier zu Hause arbeiten und nicht im Schloss!«

»Geht nicht!«, rief Gesas Vater aus. »Gesa braucht das Geld. Sie spart auf ein Auto, einen gebrauchten Polo. Und wir könnten ihr nicht den Lohn bezahlen, den sie im Café kriegt.«

Gesa wurde rot: »Ach, Papa!«

»Gesa, man muss die Tatsachen beim Namen nennen … Es ist doch keine Schande, wenn man wenig Geld hat!«

Kara und Lucy sahen sich verwirrt an. Kein Geld? Hier war doch alles so komfortabel und …

Herr Albers beobachtete die Mädchen amüsiert. Dann sagte er, Ellbogen auf den Tisch gestützt: »Wir haben genug Geld, aber Gesa muss lernen, dass man arbeiten muss für das, was man haben will. Ihr arbeitet ja auch … Ihr wollt doch sicher wissen, ob wir mit dem Albers verwandt sind, der Dele geheiratet hat?«

Kara und Lucy wurden knallrot. Sie fühlten sich unbehaglich. Lucy setzte sich auf ihre Hände, was sie immer tat, wenn sie verunsichert war. Sie wagte nicht, Kara anzusehen. Aber Kara nickte.

»Tja, das hab ich mir gedacht!«, sagte Herr Albers. »Denn Gesa erzählte mir, dass ihr euch für das Schlossgespenst interessiert. Darf ich fragen, warum?«

Kara und Lucy sahen sich an.

»Warum?«, fragte Kara.

»Ja, weil wir wissen wollen, *warum* Alfred Martens ein Gespenst ist!«, sagte Lucy leise.

Kara nickte. Sie freute sich, dass Lucy es so klar gesagt hatte. Ja, sie wollten wissen, warum Alfred ein Gespenst war.

»Und wie wollt ihr das rausfinden?«

Kara öffnete den Mund, fing aber einen warnenden Blick von Lucy auf. Fast hätte sie vom Gespenster-Zopf erzählt. Sie schluckte und zuckte mit den Schultern.

Frau Albers sagte, während sie ihre Serviette sorgsam faltete: »Das ist alles schon so sehr lange her, und hier hat man vergessen, was der Name Albers damals bedeutete. Wisst ihr, über vierhundert Jahre ist eine lange Zeit!« Sie sah ihre Tochter an: »Wie wär's mit Eis, Gesa? Kirschen und Schokolade?«

Gesa erhob sich, Lucy auch: »Kann ich dir helfen?«, fragte sie. Gesa nickte. Auch Kara wollte aufstehen, als sie anfingen, den Tisch abzuräumen.

Frau Albers aber hielt sie zurück und rief Gesa zu: »Bringst du bitte das blaue Album mit?« Sie wandte sich an Kara und sagte lächelnd: »Irgendwie kommst du mir bekannt vor. Möchte mal wissen, warum …«

Später blätterte sie durch das Album, sah nachdenklich auf ein Foto und hielt das Album Kara hin: »Hier, guck mal, dieses Mädchen. Das könntest du sein!«

Das Foto war ein kleines Gruppenfoto, schwarz-weiß. Lächelnde Gesichter blickten in die Kamera. Der Hintergrund war die Elbe und das Foto war unter den Bäumen von *Fünf Eichen* aufgenommen worden. Ein junges Mädchen saß im Schneidersitz vor mehreren Erwachsenen. Sie trug einen Kranz von Gänseblümchen in den kurzen dunklen Haaren und lächelte verschmitzt.

»Oh«, rief Kara aus, »meine Großmutter! Meine Großmutter hier! Wie merkwürdig – das war vor fünfzig Jahren!«

»Wer ist denn deine Großmutter? Und wie heißt sie?«

»Sie heißt Hannelore, damals Hannelore Faber, als sie und

ihre Eltern und ihr Bruder gleich nach dem Krieg im Kutscherhäuschen wohnten.«

»Dann seid ihr mit Fabers verwandt?«, fragte Herr Albers.

»Ja, ja! Mein Urgroßvater war der Bruder von … vom Verleger Faber«, erklärte Kara. »Aber wie kommt es, dass Sie das Foto haben?«

»Damals, in den frühen Fünfzigern, kamen die Herrschaften vom Verlag öfter zu den *Fünf Eichen* … Weißt du, wenn Schriftsteller und Schriftstellerinnen aufs Schloss zu Besprechungen kamen. Es war ein sehr romantisches Bild«, lachte Herr Albers. »Die Damen in hellen leichten Sommerkleidern mit Sonnenschirmen und die Herren in Sommeranzügen … Meine Mutter war damals ein junges Mädchen und bediente. Am liebsten aßen die Herrschaften Butterkuchen und tranken Buttermilch … Na ja, so verwöhnt wie wir jetzt war damals niemand.«

»Und meine Großmutter?«, fragte Kara.

Lucy hielt das Album und besah sich gründlich das Bild. Gesa sah ihr über die Schulter.

»Meine Mutter ging mit deiner Großmutter zur Schule, jeden Morgen mit dem Halbsiebenuhrzug nach Lüneburg. Und sie freute sich immer, wenn Hannelore mit dem Verlag hierherkam, weil sie ihr half … Wo lebt denn deine Großmutter jetzt?«

»In Hamburg.«

Herr Albers setzte sich aufrecht: »Ach ja, meine Mutter starb vor zwei Jahren. Sie mochte deine Großmutter und bedauerte es, dass die Freundschaft abbrach. Meine Mutter sagte, dass Hannelore immer zu Scherzen aufgelegt war.«

Kara nickte lächelnd. Herr Albers stand auf und wünschte

ihnen einen schönen Abend und ging dann ins Haus. Sie sprachen von Kindheit und Schule und von komischen Erlebnissen. Frau Albers stand auch auf, kam aber gleich wieder und setzte sich den Mädchen gegenüber. Sie merkten nicht, dass sie angefangen hatte zu malen. Erst als sie »Nein, das gibt's doch nicht!« ausrief, wurden die Mädchen auf sie aufmerksam. Frau Albers war blass und fuhr sich fahrig durch die Haare.

»Was ist denn?«, fragte Gesa erschrocken.

»Ich hab Skizzen von euch gemacht«, sagte Frau Albers tonlos. »So wie ihr dasitzt. Ich hab euch alle drei gemalt und so wie ihr seid. Und nun, nun … guckt euch das mal an!«

Gesa sprang auf und lief um den Tisch rum. »Oh, was ist das denn?«, fragte sie, ganz blass geworden.

Zögernd kamen auch Kara und Lucy um den Tisch herum. Sie sahen ein Bildnis von *zwei* Mädchen, nicht drei, die altmodische Kleidung trugen. Ein dunkles Mieder mit weißer Bluse mit Rüffelkragen und ein knappes Käppchen, so eins, wie es Rotkäppchen trug. Ein Mädchen war blond mit rundem Gesicht und fröhlichen Augen, das andere Mädchen war dunkelhaarig, hatte ein schmales Gesicht und nachdenkliche Augen. Sie sah angespannt aus.

Frau Albers schüttelte den Kopf: »Ich weiß nicht, wie dieses Bild aufs Papier kommt. Ich weiß nicht, wo du geblieben bist, Gesa!«

»Wieso ich?«, fragte Gesa erstaunt.

»Ja, du bist doch nicht zu sehen!«

»Kara und Lucy aber auch nicht!«

»Du hast recht«, gab Frau Albers zu. »Und wenn dies nicht Kara und Lucy sind, wer ist das denn?«

»Aus welcher Zeit stammt denn die Kleidung?«, fragte Lucy. »Irgendwie kommt mir die Bluse bekannt vor, auch das Mieder … ich hab sie irgendwo gesehen, aber ich weiß nicht, wo …«, grübelte Frau Albers. Dann klatschte sie in die Hände: »Wisst ihr was, ich mach uns allen einen Pfefferminztee und dann«, sie blickte auf ihre Armbanduhr, »dann müsst ihr euch langsam auf die Socken machen, ihr beiden!«

Kara und Lucy fuhren schweigend nebeneinander her. Gesa und ihre Mutter hatten sich über das Bild die Köpfe zerbrochen, waren aber zu keinem Ergebnis gekommen. Nun dachten Kara und Lucy darüber nach.

»Wie wär's«, fragte Lucy, als sie in die Kastanienallee des Schlosses einbogen, »wollen wir uns morgen mal das Museum genau ansehen? Vielleicht entdecken wir ja etwas …« Plötzlich machte sie mit dem Rad einen gewaltigen Schlenker. »Mensch!«, rief sie aus. »Passen Sie doch auf! Wie soll ich Sie denn überhaupt im Halbdunkeln sehen können?«

Erschrocken blickte Kara nach rechts. Ein junger Mann war heftig zurückgesprungen und lehnte an einem Kastanienbaum. Groß und gut aussehend mit einem Schopf von hellem Haar, so gelb wie Weizen. Er trug ein graues kragenloses Hemd, die Ärmel waren aufgerollt, die grauweiß gestreifte Hose mit gerolltem Zwirn hochgehalten.

Ihr schlug das Herz bis zum Hals. Was war das denn für einer? Mit zitternden Händen schloss sie die Studiotür auf und schob ihr Rad schnell in den Flur. Hinter ihr warf Lucy die Tür ins Schloss und schnellte das Rollo der Tür runter, noch bevor sie das Rad wegstellte. Beide Mädchen atmeten schwer. Sie wagten nicht, über den Mann unter den Kastanien zu sprechen.

Lucy bückte sich, um ihre Sandalen aufzumachen. Kara, schon auf der Treppe, blickte auf sie hinunter. Sie rief erschrocken: »Lucy!«

Lucy blickte fragend hoch.

»Lucy, was hast du da im Haar?«

Lucy fuhr sich mit den Händen durch ihre schulterlangen Haare. Sie konnte Stoff fühlen. Wie vom Blitz getroffen ließ sie die Hände fallen. Aber schon stand Kara neben ihr und nahm etwas vorsichtig aus Lucys Haaren heraus. Das Etwas lag auf ihrer flachen Hand und das Etwas war ein vergilbtes Band, an beiden Enden ausgefranst. Lucy zitterten die Knie, sie setzte sich schnell auf die unterste Treppenstufe. Auch Kara setzte sich, beide atmeten schwer.

Sie wussten nicht, wie lange sie da saßen.

Nach einer Weile richtete Lucy sich auf und sagte mit unsicherem Lachen: »Ein hübsches Lesezeichen, findest du nicht auch?«

Kara nickte und lachte kurz, aber es war kein fröhliches Lachen. Beide sahen sich an, sagten aber nichts – und vor allen Dingen nicht den Namen, der ihnen auf der Zunge lag: Alfred Martens.

*

Beide schliefen unruhig, beide wachten mehrere Male auf, weil sie glaubten, sie könnten Finger in ihren Haaren fühlen. Sie hatten niemand vom ersten Band erzählt und nun war da schon ein zweites! Sie wussten, dass man ihnen nicht glauben würde. Aber selbst wenn man ihnen geglaubt hätte, hätten sie nicht über Alfred Martens gesprochen, da er ihr

Geheimnis war. Kara und Lucy standen vor einem Dilemma: Wie konnten sie etwas über die Bildnisse der Mädchen herausfinden, wenn sie keinen Menschen fragen konnten? Und sahen Marie und Dele tatsächlich so aus, wie Frau Albers sie gemalt hatte? Und warum erschien etwas auf dem Papier, das Gesas Mutter gar nicht gezeichnet hatte?

Aber der Zufall kam ihnen zu Hilfe. Frau Dunkelroth, die Geschäftsführerin des Schlosses, bat Kara, im Archiv nach alten Zeichnungen des Richtfestes zu suchen. Sie schlug vor, dass Lucy dabei helfen sollte.

»Wir suchen nach Bildern, damit wir so einigermaßen authentische Kleidung für den 26. August herstellen lassen können. Viel Zeit haben wir ja nicht mehr. Und vielleicht findet ihr ja auch Zeichnungen vom Bau des Schlosses. Vor Jahren, als ich noch zur Schule ging, gab's eine Ausstellung über das Richtfest. Es gab da eine Serie vom halb fertigen Schloss, so sechs oder sieben Zeichnungen … Guckt mal nach. Irgendwo müssen die ja sein.«

Mit Begeisterung machten sich Kara und Lucy an die Arbeit. Wo sollten sie bloß anfangen? Sie hatten gehofft, im Computer Hinweise zu finden, aber nichts war eingetragen worden. Lucy erzählte Frau Dunkelroth von ihrer erfolglosen Suche im Internet.

Frau Dunkelroth sah Lucy durch ihre glitzernde randlose Brille forschend an: »Na ja. Nach eurer Archivsuche heute werdet ihr alles eintragen können – eine gute Aufgabe für euch!«

Der Tag wurde länger und länger und die Mädchen unmutig und gelangweilt. Stundenlang hatten sie Mappen und Schachteln und Ordner durchsucht, alles ohne Ergebnis. Sie kamen sich verstaubt und unnütz vor.

Lucy ließ sich auf den Fußboden fallen, setzte sich im Schneidersitz hin und fuhr sich mit beiden Händen durch die Haare: »Sag mal, wo sollen wir denn noch gucken?«, fragte sie mit zusammengezogenen Augenbrauen.

Kara schniefte und stieß mit der Fußspitze an einen Koffer, der früher wohl mal braun gewesen war, jetzt aber eine undefinierbare Farbe hatte und rissig geworden war. Kara bückte sich: »Du, hilfst du mir mal? Vielleicht ist hier was drin …« »Sicher, aber bestimmt nicht das, was wir suchen!«, rief Lucy aus. Aber sie half, den Koffer aus dem Regal zu ziehen.

Tote Spinnen klebten staubig am Deckel. Der Verschluss war verrostet, und es gelang den Mädchen nur mit Mühe, ihn aufschnappen zu lassen.

Als Kara endlich den Deckel hob, riefen beide Mädchen aus: »Oh nein!« Denn da vor ihnen lagen Bündel von Dokumenten und Zeichnungen, alles mit einem uralten vergilbten Band zusammengehalten. Beide holten tief Luft und fassten nach ihren Haaren. Bleistift- und Kreidezeichnungen waren im Koffer, eine Zeichnung zeigte den Baumeister Martens mit zwei jungen Männern. Kara und Lucy liefen damit an die Dachluke.

»Wer ist wohl Alfred?«, frage Kara.

»Der da, guck mal, das ist doch der Mann von vorgestern Abend!«

»Ja, und woher wollen wir wissen, wer das überhaupt ist? Ob das nun wirklich Baumeister Martens mit seinen Söhnen ist?«, wollte Kara wissen.

Aber da hatte Lucy schon ein vergilbtes Bündel Blätter aus dem Koffer gezogen. Sie las schnell, was draufstand. Dann rief sie aus: »Hier, siehst du, hier Nummer 23. Da steht:

Baumeister Martens und Söhne Karl und Alfred! – Guck mal, das ist die Liste von Frau Dunkelroths Schulausstellung. Ja, hier ist das Jahr: 1960«, flüsterte Lucy.

»Wer das wohl gezeichnet hat?«, flüsterte Kara zurück. Sie wusste nicht, warum sie flüsterte, aber irgendwie hatte sie das Gefühl, dass niemand sie hören sollte.

Mit klopfenden Herzen nahmen die Mädchen die alten Papiere aus dem Koffer und trugen sie an die Dachluke. Vieles war für sie nicht verwendbar, aber dann fanden sie einen Bericht über das Richtfest:

Im Innenhof hatten sich die Mädchen versammelt, die an diesem wichtigen Tag helfen sollten. Sie trugen einen grasgrünen Leinenrock, eine weiße Schürze darüber, ein schwarzes Samtmieder und eine weiße Bluse mit hübschem Rüffelkragen und langen Pluderärmeln. Ein niedliches knappes rotes Käppchen vervollständigte diese Landmädchenkleidung.

»Na also«, seufzte Lucy befriedigt.

»Ja, nun wissen wir's!«, bestätigte Kara.

Lucy lachte: »Im Grunde genommen ist es ja das Kostüm von Rotkäppchen, nicht?«

Kara nickte: »Ja, stimmt.« Sie suchte nach einem Datum auf dem Stück Papier und dem Namen des Schreibers, konnte aber nichts entdecken.

»Na ja«, meinte Lucy. »Von 1600 ist dies wenigstens nicht.«

»Nein, bestimmt nicht. Denn es ist ja getippt, wenn auch auf 'ner alten Maschine …«

Vorsichtig steckte Lucy alle gewünschten Dokumente und Bilder in eine Mappe. Dann verschloss sie den Koffer und schubste ihn an seinen alten Platz zurück. Aber sie fotokopierten die Unterlagen, bevor sie sie an Frau Dunkelroth weiterreichten.

Frau Dunkelroth war hocherfreut. Sie sagte: »Also, ihr beiden. Ihr könnt heute eine halbe Stunde früher aufhören. Dafür geht ihr in den Flecken zu Frau Warner und gebt ihr 'ne Fotokopie von der Kleidungsbeschreibung – sie wird alles Weitere veranlassen.« Frau Dunkelroth biss sich auf die Lippen: »Sagt Frau Warner, ich werde sie morgen früh anrufen. Ich glaube, wir brauchen mindestens zwölf Kostüme.«

Das Telefon klingelte. Frau Dunkelroth nahm den Hörer ab und verabschiedete die Mädchen mit einem kurzen Kopfnicken.

*

Frau Warner setzte umständlich ihre Brille auf. Sie strich die Fotokopie glatt und trommelte mit der rechten Hand auf den Ladentisch. Sie schürzte die Lippen: »Tja wie stellt sich die gute Frau das denn vor, meine Lieben? Glaubt sie denn, ich kann so was im Nu hervorzaubern?« Sie seufzte tief. »Mal sehen, wie wir das machen können.« Dann bückte sich Frau Warner, um einen Packen Kataloge unterm Ladentisch hervorzuziehen. Sie trällerte leise vor sich hin.

Kara und Lucy sahen sich an, Kara zog die Augenbrauen hoch. Sie merkten nicht, dass Frau Warner wieder aufrecht stand und sie aufmerksam über ihre randlose Brille musterte.

»Na ihr beiden? Habt ihr denn schon das Gespenst gesehen?«

Beide Mädchen fuhren zusammen und starrten die Frau fassungslos an. Die Frage kam so unverhofft, so plötzlich, dass den Mädchen feuerrote Hitze ins Gesicht schoss.

Frau Warner lachte. Es war ein ansteckendes Lachen, das die Verlegenheit von Lucy und Kara überspielte.

»Tja, auf die Frage wart ihr wohl nicht vorbereitet, was? Na ja, wenn man jung ist, dann hat man noch Grillen im Kopf.« Frau Warner blätterte wild in einem Katalog. »Dazu kann ich nur sagen«, wieder ein forschender Blick über die randlose Brille, »lasst euch nicht von dem Gedanken abbringen, Alfred Martens seine Ruhe zu verschaffen. Er hat's verdient ...« Sie seufzte. »Ja, weiß Gott, er hat's wahrhaftig verdient.« Sie hielt Kara und Lucy eine Schale mit Gummibärchen hin: »Nehmt euch nur. Ich würde euch ja selbst gemachten Eierlikör anbieten, aber ihr seid mir einfach zu jung ...« Und dann: »Ich muss über diesen Auftrag nachdenken, mach ich, wenn ich heute Abend Himbeeren pflücke.«

Sie klappte den Katalog entschlossen zu. Dann sagte Frau Warner zusammenhanglos: »Wenn ihr mehr Hilfe braucht mit dem Schlossgespenst, dann geht nach nebenan, in die Buchhandlung Burmester. Frau Burmester kann euch wohl ein paar Tipps geben.«

Kara blickte kurz auf die Kirchenuhr, als sie draußen vor *Warners Textilien* standen. »Wollen wir?«, fragte sie.

Lucy nickte. Beide waren verstört, dass Frau Warner so geradeaus nach dem Gespenst gefragt hatte. Wie konnte sie das wissen?

Die Mädchen stießen die schön geschnitzte Eichentür zu Burmesters Buchhandlung auf. Ach, war das ein herrlicher

Bücherladen! Es roch nach Büchern und Papier. Ein großer Tisch gegenüber der Tür lud ein, die attraktiv gestapelten Bücher anzusehen, Regale überall, ein alter Stuhl vor dem Schaufenster. Kara atmete tief ein. Ja, so einen Laden möchte sie haben!

»Guten Abend, die Damen. Wie kann ich Ihnen helfen?« Vor ihnen stand eine Frau, die von nirgendwo her gekommen war.

Lucy zuckte zusammen. Verschüchtert stotterte sie: »Guten Abend, ja, wir wollten … wir hatten gedacht … wissen Sie …«

»Sucht ihr nach einem bestimmten Buch, oder was?«

»Ja, nach *was* eigentlich«, stieß Kara hervor.

»Wirklich?«, fragte die Frau amüsiert. Neben ihr stand ein Labrador.

Kara holte tief Luft. Lucy stieß ihr leicht in die Rippen und schüttelte den Kopf.

»Doch«, sagte Kara trotzig. »Wir möchten Ratschläge über Alfred Martens.«

Die Frau lächelte nicht mehr. »So, so«, sagte sie gedehnt und musterte Kara von Kopf bis Fuß. »Ratschläge über Alfred Martens? Und wie kommt ihr auf die Idee?« Ihr Gesicht hatte sich verfinstert. Sie blickte kurz Lucy an, ging dann an ihr vorbei und verschloss die Ladentür.

Vor Schreck fasste sich Lucy an den Hals. Kara holte tief Luft. Frau Burmester drehte sich um. Ihre Augen funkelten vor Vergnügen, als sie die Furcht der Mädchen sah.

»Beruhigt euch«, lächelte sie, »jetzt ist Ladenschluss …« Sofort wurde sie wieder ernst. »So, wie war das mit Alfred Martens?«

Lucy berichtete, was Frau Warner gesagt hatte. Frau Burmester nickte.

»Ja, im Allgemeinen glaubt man, dass ich mehr weiß als die anderen Bürger, denn Dele war meine Vorfahrin.«

»Wirklich?«, entfuhr es Kara und Lucy.

»Ja«, nickte Frau Burmester, »so verhält sich das. Aber …« Sie zuckte mit den Schultern. »Ich weiß nicht, wie viel ihr wisst oder was ihr rausgefunden habt oder was ihr wissen wollt.«

»Ach«, sagte Lucy nervös und schielte auf die verschlossene Tür. »Vielleicht kommen wir ein anderes Mal wieder …«

»Oh«, lachte Frau Burmester, »die beste Zeit ist immer die Gegenwart!«

Aber Kara sagte bestimmt: »Ich finde, Lucy hat recht. Wir kommen ein anderes Mal wieder.«

»So, so«, sagte Frau Burmester gedehnt. »Du bist Lucy und du?« Sie wandte sich an Kara.

»Ich bin Kara Bartok und dies ist Lucy Reinstorf und wir beide sind …«

»Ja, ja«, Frau Burmester machte eine ungeduldige Handbewegung, »ich weiß. Ihr seid Praktikantinnen im Schloss.«

Lucy schlug das Herz. Sie wollte aus dem Laden raus, sie brauchte Luft. Ihr wurde es eng hier. Kara schien es genauso zu gehen, aber sie tat so, als wäre die Tür nicht verschlossen.

»Ja«, sagte Kara und holte tief Luft, »wir wollen Alfred Martens zur Ruhe verhelfen. Er hat lang genug gelitten und …«

»So, so, du glaubst, er hat lang genug gelitten? Wie kommst du denn darauf?«

Lucy wechselte unruhig von einem Fuß auf den anderen.

Wenn Kara doch bloß nicht das Band erwähnt oder gar den Mann unter der Kastanie!

Karas Stimme war bewusst gleichgültig, als sie erwiderte: »Na ja, wir haben so ein paar Geschichten gehört und waren auch in den *Fünf Eichen* …«

»Ach, wirklich? Da wart ihr auch schon?« Frau Burmesters Augenbrauen schossen hoch.

»Na ja, Sie wissen doch, dass Gesa im Schlosscafé arbeitet und sie lud uns zum Abendbrot ein …«

Aufmerksam sah die Buchhändlerin die Mädchen an. »Sagt mal«, fragte sie nach längerem Schweigen, »habt ihr an dem Abend vielleicht Alfred gesehen?«

Lucy entfuhr ein unterdrückter Schrei, Kara war blass geworden.

»Aha«, nickte Frau Burmester. »Also doch. Aber das ist ein gutes Zeichen«, fuhr sie fort, »denn Alfred zeigt sich nur den Menschen, die ihm helfen können.«

»Und woher wissen Sie das?«, hauchte Lucy.

Irgendwie müde strich sich Frau Burmester übers Haar. »Weil er sich in den letzten Jahrhunderten verschiedene Male gezeigt hat. Nur …« Sie räusperte sich, »… nur waren die Menschen, die ihn gesehen hatten, nicht tapfer genug, ihm zu helfen. So zu helfen, dass er zur Ruhe kommt.« Sie bückte sich und streichelte den Nacken des Hundes. »Wir fahren ja gleich nach Hause, ist schon gut.« Als sie sich aufrichtete, war ihr Gesicht wieder verschlossen.

»Wenn ihr was erreichen wollt, wirklich Alfred Martens helfen wollt, dann kann das nur am 26. August sein, auf dem geplanten Richtfest.« Sie schloss die Tür auf und öffnete sie: »Ich bin sicher, dass ihr das schafft. Nur braucht ihr Mut und Vorsicht.« Sie zögerte, und als Lucy und Kara an ihr vorbei nach draußen gingen, fügte sie hinzu: »Vor allem Vorsicht!«

Die Tür schloss sich lautlos.

*

»Glaubst du«, flüsterte Lucy abends, als sie nachprüfte, dass die Haustür auch wirklich verschlossen war – sie hatte gerade die Gartentür abgeschlossen –, »glaubst du«, wiederholte sie, »dass Alfred jetzt hier ist? Dass er uns sehen kann?«

Erschrocken rief Kara aus: »Ach, dass du das sagen musst! Mir ist es schon die ganze Zeit im Kopf herumgegangen, aber ich dachte, vielleicht ist das ein dummer Gedanke!«

Lucy schüttelte sorgenvoll den Kopf. »Er ist doch ein Gespenst. Er kann doch machen, was er will … Und vielleicht ist es ja nicht immer, dass wir ihn sehen können …«

»Du hast total recht«, flüsterte Kara, »er kann machen, was er will. Und wo sind eigentlich die Gespenster, wenn man sie nicht sieht? Wo halten sie sich auf?«

»Und wie kommt es eigentlich, dass manche Gespenster werden?«

Kara runzelte die Stirn: »Irgendwo hab ich mal gelesen, dass man zum Gespenst wird, wenn man ungerecht behandelt worden ist, wenn es irgendwas auf der Welt gibt, das geklärt werden muss …«

»Und so lange fliegt man im Fegefeuer herum?«, fragte Lucy fassungslos.

»Nö, nicht im Fegefeuer. Das kommt später – ich denke so im Weltall, weißt du?«

Aber Lucy schüttelte den Kopf. Sie wusste nicht, was sie von der ganzen Sache halten sollte. Bedeutete es, dass sie im Dunkeln duschen sollte? Sich auch im Dunkeln ausziehen musste?

»Ich lass heute Nacht meine Tür auf«, sagte sie mit fester Stimme, »dann bin ich dir näher.«

»Gute Idee, dann lass ich meine auch auf«, meinte Kara. »Ob die Tür zu ist oder nicht, ist ja egal, denn Alfred kann wahrscheinlich auch durch Wände gehen.«

»Kara, sei bloß still! Hast du denn keine Angst?«

»Nö!«, behauptete Kara, obwohl ihr ein bisschen schwummerig war. Aber sich bloß nichts anmerken lassen, denn sonst würde Lucy noch mehr Angst kriegen. Alfred war doch ein guter Mensch … *gewesen*, setzte Kara in Gedanken hinzu. Er würde ihnen nichts tun, im Gegenteil, er musste doch wissen, dass sie ihm helfen wollten.

Der nächste Tag verging in Saus und Braus. Gleich morgens hatte Frau Dunkelroth verkünden lassen, dass sofort nach Büro- und Museumsschluss eine Versammlung von allen (sie betonte *allen*) Angestellten stattfinden würde, um das bevorstehende »Richtfest« zu besprechen, und zwar im größten Raum des Schlosses. Also im Eckzimmer, in dem sich West und Ost treffen.

Kara war aufgeregt. Sie wusste, wie wichtig das Zimmer für Alfred Martens war, und konnte kaum den Büroschluss abwarten. Aber auch alle anderen Schlossleute waren wie aufgedreht. Überall standen Menschen zusammen und flüsterten oder warfen sich bedeutungsvolle Blicke zu. Kara fragte sich, ob die vielleicht mehr wüssten als sie, und hätte gerne mit Lucy gesprochen. Aber Lucy musste heute im Archiv arbeiten.

Endlich, endlich war es halb sechs und fast alle Angestellten hatten sich im Eckzimmer versammelt. Nur Jan Kruse fehlte, der alte Portier, und Lucy. Frau Dunkelroth sah betont mehrere Male auf die Uhr über der Tür und schüttelte den Kopf. Jan Kruse kam ins Zimmer gehinkt, hinter ihm Lucy mit hochrotem Kopf.

Frau Dunkelroth pochte ungehalten auf ihre Armbanduhr.

Jan Kruse zuckte die runden Schultern: »Tja«, meinte er und sprach bewusst langsam. »Sie hätten man auch dieser jungen Deern hier Bescheid sagen müssen. Sie wusste von nix!« Frau Dunkelroths Augenbrauen zogen sich bedrohlich zusammen, Jan Kruse winkte ab. Er wollte nichts hören. Frau Dunkelroth seufzte, sie kannte Jan Kruse nur zu gut.

Lucy war auf Zehenspitzen zu Kara gegangen und stieß sie leicht mit dem Ellbogen an. Kara nickte. Langsam beruhigte sich Lucys Atem. Sie war die Treppen hinaufgelaufen und traf vor der Tür mit Jan Kruse zusammen, der ihr ermutigend zugenickt hatte. Lucy war froh, dass sie neben Kara stand. Irgendwie hatte sie ein ungutes Gefühl, dasselbe Gefühl, das sie hatte, bevor sie wusste, dass es Alfred Martens war, der an der Kastanie lehnte. Sie hätte gerne mit Kara gesprochen, wagte es aber nicht zu flüstern.

»Wie Sie sich vorstellen können, meine Lieben«, hörte Lucy Frau Dunkelroths Stimme von weit her, »ist das Richtfest am 26. August sehr wichtig für uns, für die Schlossrestaurierung. Es ist eine einmalige Gelegenheit, so viel Geld wie möglich einzunehmen, um vielleicht die komplette Restaurierung des Ostflügels bezahlen zu können … So ein Tag ist wie ein Geschenk, ein Lottogewinn.«

Dann warf Frau Dunkelroth mit Zahlen um sich, Statistiken, andere Veranstaltungen, die Geld einbrachten, und dann, indem sie gleichzeitig über den Rand ihrer Brille plierte, jedoch weiterhin auf den Stapel Papier blickte, den sie in den Händen hielt: »Ich habe hier Vorschläge gemacht, wer wen am 26. August spielen soll. Ja, ich weiß. Wir hatten ja vor, eine Schauspielertruppe zu heuern. Aber uns fehlt das Geld. Deshalb muss ich Sie bitten, sich die Liste anzusehen und mir jetzt gleich zu sagen, ob Sie mit Ihrer Rolle einverstanden sind. Wie Sie wissen, haben wir diesen Sommer einen Dramaturgen in Residenz, Herr Rainer Seil, der mir bereits die Umrisse eines Theaterstücks gegeben hat.« Frau Dunkelroth holte tief Luft: »Der ganze Tag wird wie ein Theaterstück verlaufen, nur weiß die Öffentlichkeit nichts davon, auch sollte dies unser Geheimnis bleiben. So, bitte, behalten Sie es für sich. Wie richtige Schauspieler werden Sie Ihrer Rolle folgen, ja sogar die Rolle auswendig lernen müssen …« Unwirsches Gemurmel wurde laut.

Frau Dunkelroth legte den Stapel Papier schnell auf den Schreibtisch und hob beide Arme hoch: »Ja, ich weiß, ich weiß. Ich verlange viel von Ihnen. Aber bedenken Sie bitte, wie viel von Ihrer Kooperation abhängt, von Ihrer Zusammenarbeit!«

»Kriegen wir Überstunden bezahlt?«, wurde gefragt.

Frau Dunkelroth schlug die Hände zusammen. Ihr Mund war plötzlich ein schmollender Babymund: "Wie kann ich das machen? Ich bin froh …«, und hier blickten ihre Augen traurig, »… ja, ich bin froh, dass es bei uns noch keine Entlassungen gegeben hat. Sie wissen doch, wie die momentane Konjunktur steht …« Aufseufzend setzte sie hinzu: »Nein, ich kann Ihnen keine Überstunden bezahlen, aber …« Sie zögerte, »aber ich gewähre Ihnen allen einen freien Tag.«

Frau Dunkelroth blickte in die Runde: »Herr Kruse, sind Sie damit einverstanden, der Butler zu sein?«

Alle Personen, die aufgerufen wurden, nickten oder sagten »Ja« zu der Rolle, die ihnen zugedacht war. Kara war Marie, Lucy war Dele und Peter Schütte, der am Wochenende im Café aushalf, bekam die Rolle von Karl Martens, während Peters Freund David Moser Heini Albers spielen sollte.

Während ihre Namen aufgerufen wurden, hatten Kara und Lucy es nicht gewagt, sich anzusehen, aber nun flüsterte Kara Lucy zu: »Wie findest du das? Oder wärest du lieber Marie?«

Lucy zuckte mit den Schultern: »Ich weiß nicht. Im Grunde genommen ist da doch kein Unterschied, oder?«

Instinktiv flogen Lucys Hände an den Kopf, um nach einem Band zu fühlen. Erleichtert atmete sie auf. Kara grinste und nickte ihr zu. Alfred Martens war nicht da.

Es war heiß und drückend im Raum. Jemand machte alle sechs Fenster auf, was sich sofort als Katastrophe erwies, denn urplötzlich fegte ein starker Wind von den Elbwiesen ums Schloss, und bevor irgendjemand reagieren konnte, wirbelten Papiere in der Luft und flogen aus den Fenstern. Wie gigantische Schneeflocken tanzten und drehten sie sich und blieben draußen in den Föhren hängen, legten sich auf die Zierbüsche an der Hausmauer oder segelten auf den Wallgraben zu.

»Kara, Lucy, David, Peter! Schnell, raus, sammelt die Papiere ein!«, schrillte Frau Dunkelroth.

Aber da waren die vier schon auf der Treppe, rannten ums Gebäude herum. Im Laufen gelang es ihnen, verschiedene Bögen aufzufangen. Die Jungens machten akrobatische Übungen, um die Mädchen zu beeindrucken, die ihnen jedoch keine Beachtung schenkten. Kara sprang den Hang hinunter, um zwei Blatt Papier von einer Wasserrose zu retten. Sie rutschte aus und schnell auf das dunkle stillstehende Wallgrabenwasser zu. Sie hatte keine Zeit zu schreien, Lucy stand mit dem Rücken zu ihr, um Papier aus den Kletterpflanzen zu pflücken. Die Jungens alberten immer noch herum. Kara machte die Augen zu und dann, dann fühlte sie, wie sie irgendwie schwebte und sich auf dem Rasen wiederfand, Lucy zu Füßen. Kara war atemlos. Sie ahnte, dass jemand sie getragen hatte, auch hielt sie jetzt plötzlich sechs Blatt Papier in den Händen. Sie runzelte die Augenbrauen. Wieso? Wo kamen die her? Und warum sechs?

Lucy drehte sich um. »Was machst du denn da?«

Kara schüttelte hilflos den Kopf und hielt Lucy das Papier entgegen. Lucy nahm die Bögen entgegen und betrachtete sie.

»Moment mal«, sagte sie und blickte mit schmalen Augen auf Kara runter, »wo hast du die her?«

Kara, die ihre Sprache verloren hatte, deutete auf den Wallgraben.

»Unsinn«, schalt Lucy, »kann nicht sein, sonst wäre doch alles nass!«

Heiser flüsterte Kara: »Lass die Jungens das nicht sehen … Alfred … weißt du …« Sie fing an zu husten.

Blitzschnell rollte Lucy die sechs Bögen zusammen, zog sich ihr Haargummi vom Kopf, ließ es über die zusammengerollten Blätter schnellen und stopfte dann die Rolle in den Lorbeerbusch, vor dem sie stand. Sie trat einen Schritt zurück, um zu prüfen, ob man die Rolle sehen konnte. Lucy drehte sich blitzschnell um, als sie jemanden um die Ecke laufen hörte.

»Scheint ja wohl alles zu sein«, schrie Peter und wedelte mit einem Haufen Papier in der Luft herum. »Habt ihr auch was?«

Lucy zögerte, gab ihm dann aber mehrere Seiten.

»Und du?«, fragte David. »Kara, hast du nichts gefangen?«

»Doch«, nickte Lucy schnell, »ist alles mit dabei.«

David sah sie mit zusammengekniffenen Augen an: »Und was hast du da gerade im Busch versteckt?«

Lucy sah ihn erschrocken an. »Nichts«, hauchte sie. Sie räusperte sich. »Nichts, gar nichts!«, sagte sie lauter.

»Mal sehen«, brummte David und ging auf den Busch zu, bog die Zweige auseinander und guckte und rüttelte die Zweige. Lucy und Kara sahen sich entgeistert an. Karas Augenbrauen waren zusammengezogen, Lucy war zu erschrocken, um zu reagieren.

»Na ja«, meinte David und wandte sich vom Busch ab, »da ist wirklich nichts.«

»Sag mal«, fragte Kara gedehnt. »Wen spielst du denn eigentlich am 26. August?«

David fuhr sich mit der linken Hand durchs kurz geschorene Haar: »Heini Albers. Muss mir die Haare dafür wachsen lassen. Warum fragst du?«

Kara zuckte die Achsel: »Weiß nicht … nur so.« Sie fühlte sich unbehaglich, weil David sie aufmerksam ansah. Er sah sie nur an, sagte aber nichts. Kara wollte weg, sie wollte hier nicht stehen, nicht an Alfred Martens denken, nicht überlegen, was die sechs Blätter zeigten, und vor allen Dingen David keine Erklärungen geben müssen. Sie drehte sich nach Lucy um und wusste sofort, dass es Lucy so ging wie ihr. Unmerklich nickten sie sich zu.

»Wo seid ihr denn? Habt ihr alles gefunden?« Frau Dunkelroth hing aus dem oberen Fenster heraus. »Juhu! Kann mir einer von euch antworten?«

Kara winkte: »Ja, wir haben alles retten können!«

»Dann kommt wieder nach oben, damit wir die Besprechung abschließen können!«

Abends saßen die Mädchen in der Grotte im Schlossgarten. Es war ein wunderschöner Platz. Die Felssteinmauer war hoch. Die Grotte enthielt einen niedrigen Steintisch, an deren Seite eine Plakette angebracht war, zu Ehren vom Verleger Faber und seiner Frau. Die Holzbank war gemütlich und bequem. Kara hatte Eistee gemacht und nun stand die leere Karaffe vor ihnen. Es wurde langsam dunkel und das Froschkonzert immer lauter. Libellen und Mücken und andere Insekten flogen niedrig über das dunkle Wasser des Wallgrabens. Der Hang zum Wallgraben hin war mit Schilf bewachsen, sodass niemand auf die Idee kam, das Ufer zum Wallgraben hinunterzugehen. Auf der anderen Seite lag der Park. Eine hohe Trauerweide ließ die Spitzen ihrer langen Zweige ins Wasser hängen. Man konnte kaum noch die Sträucher und Büsche erkennen. Auch war es schon einige Zeit her, dass Spaziergänger auf dem breiten Weg dem Ausgang zuschlenderten.

Lucy hatte den ganzen Abend nicht viel gesagt, sondern saß mit verschlossenem Gesicht da, die Knie hochgezogen, das Kinn darauf gestützt. Auch Kara war müde und erschöpft, aber da sie eine Frohnatur war, verarbeitete sie Schwierigkeiten besser als Lucy.

Sie drehte sich zu ihrer Freundin um. »Na«, fragte sie leise, »was ist? Willst du es nicht ausspucken?«

Lucy holte tief Luft. »Ich weiß«, sagte sie niedergeschlagen, »ich hab überhaupt keinen Grund, muffig zu sein. Nur …« Sie schwieg. Kara ließ ihr Zeit. »… nur«, fuhr Lucy fort, »weißt du, ich fand heute anstrengend. Ich kann's einfach nicht glauben, dass Alfred hier um uns herum ist und dich gerettet hat … und dann waren auch die Blätter nicht im Busch.« Sie schlug ihre Hand vor den Mund.

Kara sah sie erschrocken an.

»Ja, Kara«, flüsterte Lucy, »wir müssen unbedingt nachsehen, ob wir die sechs Blätter finden!«

Kara nickte.

Lucy flüsterte eindringlich: »Aber … weißt du … ich hab Angst davor, Dele zu sein. Ich hab jetzt schon das Gefühl, dass ich gar nicht mehr Lucy bin, und das macht mir Angst.«

Kara flüsterte zurück: »Brauchst keine Angst zu haben, ich bin ja hier, und bis alles vorbei ist, bleiben wir zusammen, machen nichts alleine … Aber weißt du, der David gefällt mir nicht … nicht die geringste Bohne!«

»Ja, merkwürdig, mir geht's genauso. Er ist wie der olle Heini Albers.«

Lucy dachte laut nach: »Und wer weiß überhaupt, was damals wirklich passierte? Wer will das wissen und entsprechend Regie führen?«

Kara stellte Karaffe und Gläser aufs Tablett zurück. »Weißt du was«, sagte sie mit lauter Stimme und wedelte mit der freien Hand herum, um Mücken zu verjagen, »wir bringen dies weg und dann gehen wir zum Lorbeerbusch.«

Gesagt, getan.

*

Ein paar Minuten später gingen beide auf Zehenspitzen um die Schlossecke, um den Lorbeerbusch zu finden. Eine Eule schrie, die hohen Föhren warfen bedrohliche Schatten. Um nicht gesehen zu werden, setzten sie sich mit dem Rücken zur Schlossmauer und suchten den Busch mit ihren Händen ab. Beide waren atemlos und wagten nicht zu sprechen.

Lucy fand die Papierrolle. Aufatmend hielt sie sie hoch, damit Kara sie sehen konnte.

Kara lehnte sich vor und berührte die Rolle. »Guck mal an«, flüsterte sie. Man konnte hören, dass sie im Geheimen lachte: »Das Band. Hast du die Rolle mit dem Band zusammengebunden?«

Erschrocken flüsterte Lucy: »Nein, mit meinem Haargummi.« Fassungslos starrte sie auf das Band.

Dann konnten beide ein Fahrrad hören, bevor sie das Licht sahen. Kara und Lucy drückten sich an die Mauer und rutschten tief in den Busch hinein. Beide hatten die Beine angezogen und ihre Köpfe auf die Knie gelegt, in der Hoffnung, nicht gesehen zu werden.

Es war nun sehr dunkel und die Eule rief immer noch. Sie hörten, wie sich das Rad entfernte, und konnten dann das Geräusch der Räder auf dem Kies des Innenhofs vernehmen.

»Los«, zischte Kara, »schnell, wir laufen bis zur Ecke, auf die andere Seite von der Allee und legen uns flach unter die Büsche.«

Beide hielten den Atem an und liefen geduckt auf die Büsche zu, wo sie sich flach an die Erde drückten. Die Papierrolle rutschte aus Lucys Händen, Kara nahm sie und hielt sie fest an ihren Brustkasten gedrückt. Sie wagte nicht, sich zu rühren. Neben ihr lag Lucy, die sich ihr schwarzes T-Shirt über den Kopf gezogen hatte, um ihr helles Haar zu verbergen. Lucy rührte sich nicht. Kara hob etwas den Kopf, als sie hörte, dass jemand vom Rad abstieg, es ins Gras legte und dann auf den Lorbeerbusch zuging. Die Zweige wurden auseinandergebogen, gerüttelt und geschüttelt, dann legte sich die Person flach ins Gras, um mit den Händen rund um den Busch zu suchen. Kara hielt den Atem an. *Wer ist denn das bloß?, d*achte sie. *Wer kann das sein?* Die Figur setzte sich hin und zündete eine Zigarette an. Im Schein der Flamme erkannte Kara das Gesicht von David Moser. Er ließ sich auf den Rücken fallen und paffte den Rauch in die Nacht.

»Bleib liegen, Lucy«, flüsterte Kara. »Der Kerl raucht noch eine. Hoffentlich dauert es nicht zu lange.«

David stand auf, warf die noch brennende Zigarette in den Schlossgraben, wandte sich zum Busch um, untersuchte ihn noch einmal. Als er nichts fand, fluchte er leise und kickte den Busch, sodass er gegen die Mauer stieß und erst nach einer Weile aufhörte zu zittern. Kara drückte ihr Gesicht ins weiche Gras und atmete flach. Sie spürte das Fahrradlicht auf sich zukommen, spürte das recht kräftige Licht durch ihre geschlossenen Augenlider. Plötzlich hatte sie Angst. Was würde David mit ihnen machen? Auf alle Fälle die Papierrolle wegnehmen und … und … sie wollte nicht weiterdenken. Zu ihrer großen Erleichterung hörte sie Motorengeräusch, ein Auto bog in die Allee ein. Sie hob den Kopf etwas und blinzelte. Sie sah David von hinten. Er radelte mit gesenktem und abgewandtem Kopf schnell am Auto vorbei.

»Keine Gefahr mehr, Lucy«, sagte Kara leise. »Nur noch eine Minute, bis die Franzosen geparkt und in ihr Haus gegangen sind.«

Ein französisches Künstlerpaar war im Studio neben ihnen einquartiert.

Als Kara die Haustür ins Schloss fallen hörte, streichelte sie Lucys Schulter: »Komm, wir gehen!«

Lucy ging schnell ins Bett. Kara prüfte nach, ob Fenster und Türen verschlossen waren, und dann fiel ihr die Papierrolle ein. Wo hatte sie sie hingelegt? Da lag sie ja, auf dem kleinen Tisch neben der Haustür. Ohne lange zu überlegen, steckte Kara sie kurzerhand in eine Plastiktüte und dann in den Kühlschrank, ins Gemüsefach, neben die Salatgurke. Kara atmete erleichtert auf.

*

Die folgende Woche war anstrengend: Beide hatten einen langen Tag im Schloss, Kara im Laden, Lucy im Archiv und abends, für zwei Stunden *jeden* Abend, wurde geprobt. Der einzige Pluspunkt für Kara und Lucy war, dass die Proben draußen im Schlossgarten stattfanden, im Schatten der Burg. Und da sich alles draußen vor ihrem Studio abspielte, brauchten sie nur aus ihrer Gartentür herauszutreten, um auf der »Bühne« zu sein.

Anfangs waren die Proben schwierig, weil die meisten Darsteller sich genierten, ihre Rollen zu spielen. Kara und Lucy fiel es nicht schwer. Zum einen, weil sie befreundet waren, zum anderen, weil sie beide Drama liebten. Beide verhielten sich offen und freundlich mit Peter als Alfred Martens, waren aber steif und verschlossen gegenüber David als Heini Albers, Lucy mehr als Kara.

Eines Abends warf der Dramaturg Seil seinen Haufen Papier

ins Gras, raufte sein Haar und schrie verzweifelt: »Nein, nein, nein, NEIN!«

Erschrocken blieb Lucy stehen.

»Hör mal, Mädchen«, brüllte Herr Seil, »so geht's nicht! Er hat dir *noch* nichts getan, du weißt nicht, was dir mit ihm bevorsteht, so sei freundlich, f-r-e-u-n-d-l-i-c-h, verstehste?«

Lucy merkte, wie sie anfing, innerlich zu zittern. Sie war noch nie angeschrien worden und wäre am liebsten weggelaufen, um sich zu verstecken. Kara legte ihr beruhigend die Hand auf die Schulter.

Frau Dunkelroth sah Rainer Seil mit gerunzelter Stirn an. Sie rief laut: »Wir machen Pause, eine Viertelstunde Pause!« Dann schüttelte sie den Kopf und ging auf den Gartentisch zu, auf dem die Getränke standen. Sie rief Lucy zu sich, Kara im Schlepptau.

Frau Dunkelroth flüsterte: »Ich kann dir keinen Schnaps anbieten, Lucy, aber vielleicht schmeckt dir ja dieser Apfelsaft!«

Lucy musste lachen und nahm dankbar das gefüllte Glas entgegen. Verschiedene Darsteller legten ihr die Hand auf die Schulter oder lächelten ihr zustimmend zu.

Lucy fiel das Schlucken schwer. Kara nickte ihr zu. Beide saßen im Schneidersitz im Schatten der Burg und sagten nichts. Es tat gut, dazusitzen und nur zu beobachten, sich nicht zu bewegen. Es war drückend heiß.

Nach einer Weile rief Frau Dunkelroth: »Die Pause ist zu Ende. Bitte wieder an die Plätze!«

»Denk an was anderes und mach ein freundliches Gesicht!«, raunte ihr Kara zu.

Alle standen da, wo sie stehen sollten, alles war wie vorher – nur …

»Wo ist David?«, brüllte Rainer Seil. »DAVID!«

David war nirgendwo zu sehen. Seil warf Lucy einen dunklen Blick zu. Kara starrte ihn an.

Wieder warf Seil seinen inzwischen aufgehobenen Haufen Papier ins Gras und schrie: »Es ist doch nicht zu glauben! Man sollte doch wohl annehmen …«

»David ist da, David ist wieder da!«, rief Frau Dunkelroth mit beschwichtigender Stimme. »Wir können weitermachen!«

David kam um die Ecke geschlendert, als wäre nichts geschehen. Aber er war nicht so lässig, wie er sich gab. Seine Stirn war umwölkt und er warf Lucy und Kara finstere Blicke zu. Aber sowie er die Augen von Rainer Seil auf sich fühlte, verwandelte er sich im Nu. Kara und Lucy guckten sich sprachlos an. Was für ein Scharlatan! Was für ein Angeber!

Nach der Pause verliefen die Proben reibungslos, und Herr Seil, mit dem Frau Dunkelroth kurz gesprochen hatte, lobte Lucy sogar zweimal. Lucy entspannte sich.

Kara flüsterte ihr zu: »Spiel nur Theater, denk nicht an die arme Dele!«

Beide lachten und Lucy knuffte Kara: »Ganz, wie du meinst, Marie!«

David beobachtete sie finster. Kara fing seinen Blick auf und antwortete ihrerseits mit hochgezogenen Augenbrauen. David zuckte die Schultern und drehte ihr den Rücken zu.

Kara war gerade eingeschlafen, als Lucy zu ihr ins Zimmer stürzte: »Kara, Kara, wach auf!«

Erschrocken fuhr Kara hoch. »Lucy, meine Güte!«

»Ja, sag mal, wo ist die Papierrolle?«

»Papierrolle? Welche …« Kara musste sich erst besinnen.

»Natürlich. Meine Güte, wie kann es bloß angehen, dass wir uns die Blätter noch nicht angesehen haben!«

»Ja, aber wo ist sie?« Lucy sah verstört aus. »Guck mal, was ich auf meinem Schreibtisch gefunden hab!« Zwischen Daumen und Zeigefinger hielt sie einen kornblumenblauen Knopf hoch. Der Knopf war achteckig.

»Was? Das ist doch, das ist doch …« Es verschlug Kara die Sprache.

»David, ja David!«, bestätigte Lucy grimmig. »Jetzt wissen wir auch, warum er in der Pause nicht da war!« Lucy stampfte leicht mit dem Fuß auf. »Der Junge macht mich noch verrückt. Also, wo ist die Papierrolle?«

Aber Kara war schon aus dem Bett gesprungen und lief in großen Sprüngen die Treppe runter in die Küche. Sie riss die Kühlschranktür auf und öffnete die Gemüseschublade.

»Da«, rief sie triumphierend, »da ist sie!« Überglücklich hielt sie Lucy die Papierrolle hin. »Er hat sie nicht gefunden, der Gauner!«

»Ach, bin ich froh!«, rief Lucy aus. »Wie konnten wir bloß vergessen, uns anzusehen, was auf diesen Papieren ist!«

Lucy rollte die Papiere auseinander und schlug sofort die Hand vor den Mund. Lucy strich das Blatt glatt, das vor ihr lag.

»Was ist das denn?«, fragte sie tonlos.

Auf dem Bild, ganz grob mit Bleistift oder Kreide gemalt, war ein altmodisches Baugerüst zu sehen. Ein großes Haus wurde gebaut. Das Erdgeschoss war schon fertig und auch der erste Stock stand kurz vorm Abschluss. Ganz am Ende, an der linken Seite, waren die Umrisse von einem halb fertigen Fenster zu erkennen.

Lucy strich ein anderes Blatt glatt. »Weißt du«, flüsterte sie, »wir legen alle Blätter auf den Fußboden im Gartenzimmer, und dann können wir vielleicht eine Reihenfolge erkennen.«

»Wieso Reihenfolge?«, flüsterte Kara zurück. »Was meinst du damit?« Dann hielt sie ihren Mund an Lucys Ohr: »Und warum flüstern wir eigentlich?«

Lucy zog die Schultern hoch: »Weiß nicht«, flüsterte sie zurück, »aber ich glaube, es ist besser so.«

Nachdem die Blätter auf dem Fußboden ausgebreitet waren, traten beide Mädchen zurück, um sie zu begutachten. Sie standen mehrere Minuten still und besahen sich die Zeichnungen. Denn es waren Zeichnungen und alle grob mit Kreide gemalt.

Erst bückte Lucy sich, um ein Blatt gegen ein anderes auszutauschen, dann tauschte Kara aus, und sie arbeiteten schweigend, bis sie wieder zurücktraten, um sich ihr Werk anzusehen. Wie auf Kommando nickten beide zur gleichen Zeit. Die Reihenfolge schien zu stimmen. Alle Bilder sahen sich sehr ähnlich und doch bestanden winzige Einzelheiten, die einem entgehen konnten, wenn man nicht genau hinsah.

Kara kaute die Innenseite ihrer Wange. Sie dachte nach. Lucy sagte nichts. Sie war so müde gewesen, und jetzt war sie hellwach, aber nur im Kopf, nicht im Körper. Sie fühlte sich zerschlagen.

Endlich sagte Kara nachdenklich: »Ich werde diese Blätter meinem Bruder schicken.«

Lucy sah Kara fragend an.

Kara sagte: »Ja, Ben wird sie zu einem Film machen.«

»Film? Wieso Film?«, fragte Lucy.

»Ich glaube«, sagte Kara, »dass da etwas in diesen Bildern ist, was uns entgeht. Irgendetwas ist versteckt, was wir nicht erkennen können. Vielleicht kann Ben es ja mit einem Film, weißt du, mit Bewegung sozusagen, ans Licht bringen. Er studiert doch Film in Berlin. Wenn er uns nicht helfen kann, dann kann das keiner!« Sie schwieg. Dann fuhr sie fort: »Wenn's dir recht ist, dann gebe ich meinem Bruder auch deine E-Mail-Adresse, dann haben wir beide es, falls was mit unseren Laptops passiert oder so.« Sie runzelte die Stirn: »Man kann ja nie wissen!«

Lucy nickte zustimmend.

Am nächsten Morgen radelte Kara so schnell, wie sie konnte, zum Postamt am Bauernende. Die Post befand sich in einem Supermarkt, wie fast überall jetzt in Deutschland. Kara fand es schade, denn ihre Großmutter hatte ihr erzählt, dass sich das Postamt früher in der Straße zum Schloss befand. *Nur zwei Minuten entfernt*, dachte Kara, als sie wie der Wind wieder zum Schloss zurückradelte. Als sie am früheren Postgebäude vorbeifuhr, schüttelte sie den Kopf. *Schade*, dachte sie. Und dann fiel ihr ein: *Ich muss Großmama anrufen, ja, sie wird uns vielleicht mit Alfred Martens helfen können.* Sie nahm sich fest vor, mit ihrer Großmutter nach der Probe zu telefonieren.

Die Atmosphäre im Schloss hatte sich verändert. Die Angestellten waren angespannt, aber im positiven Sinn. Die Proben hatten erreicht, was Seminare und Kurse nicht vermocht hatten: Die Belegschaft kam gut miteinander aus, man verstand sich besser, arbeitete gut zusammen. Auch Kara und Lucy bekamen es zu spüren. Ihnen ging die Arbeit leichter von der Hand. Jetzt waren beide zusammen im Laden. Lucys Aufgabe im Archiv war abgeschlossen und sie war dafür gelobt worden.

Als die beiden abends die Kasse abrechneten, sagte Kara leise zu Lucy: »Ich ruf heut Abend meine Großmutter an. Wenn ich's vergess, nach den Proben, erinnerst du mich dran?«

Lucy nickte.

Kara flüsterte: »Vielleicht kann sie uns ja mit Alfred helfen.«

Eine laute Stimme sagte: »Wer flüstert, der lügt!« Es war Peter.

»Ach«, sagte Kara, »wir rechnen hier doch ab. Da sollte man doch nicht sprechen!«

Peter guckte sie amüsiert an: »Aber hier ist doch keener!«

Lucy fragte: »Was machst du denn hier?«

Peter grinste: »Ich hab heut Nachmittag freigekriegt, weil es so heiß war. Ich hab den ganzen Nachmittag in unserem Garten gearbeitet. Mein Vater wird sich wundern, wenn er nach Hause kommt!« Peter half in seinen Ferien im Roten-Kreuz-Haus am Bauernende aus. Er war Junge für alles, was ihm nichts ausmachte. Er wollte Medizin studieren, Geriatrie. Er arbeitete am Wochenende im Schlosscafé, um für sein Studium zu sparen. Er war ein guter und umsichtiger Kellner.

»Du, sag mal«, fragte Kara, »was macht David eigentlich?«

Peter fragte: »Wieso?«

»Ja, ich meine – arbeitet er oder studiert er?«

»Ach so, na ja, er tüttelt rum. Seinem Vater gehört das *Stadtblatt* und er druckt auch andere Sachen, und David will der rasende Reporter werden.«

»Wirklich?«, staunte Lucy.

»Ja. Er will hauptsächlich Skandale aufdecken, immer der Erste sein.«

»Ist er denn mit der Schule fertig?«

»Ja. Hat im Juni sein Fachabitur gemacht und hofft, für ein Jahr zur Hamburger Journalisten-Schule zu gehen.«

Lucy und Kara guckten sich an. Dann nickte Kara.

»Warum wollt ihr das denn alles wissen?«

Lucy zögerte, sagte dann aber: »Irgendwie ist er uns nicht ganz geheuer, deshalb.«

»Ach, er tut nur so. Im Grunde genommen hat er gar nicht den Grips, um rasender Reporter zu werden.«

»Hm«, meinte Kara, »um Reporter zu sein und rasend noch dazu muss man gnadenlos sein.«

»Und das ist er«, bestätigte Lucy.

Peters Augenbrauen schossen hoch.

Lucy sah Kara an, die unmerklich den Kopf schüttelte.

Kara hat recht, dachte Lucy, *wir müssen unsere Vermutungen für uns behalten.*

*

Abends ging Lucy sofort nach den Proben ins Bett. Sie drehte sich in der Tür um: »Du wolltest doch deine Großmutter anrufen!«

Kara nickte: »Mach ich sofort!«

Ihre Großmutter sagte: »Na, mein Engel, wie gefällt es dir in der Remise?«

Kara lachte: »Alles anders jetzt, Großma. Vier Künstlerstudios. Ich teile eins mit Lucy, nebenan wohnen Franzosen, eine Schwedin im anderen, und das vierte Studio steht im

Moment leer. Aber jemand zieht Anfang September ein. Aber dann bin ich nicht mehr hier und Lucy auch nicht.«

Und dann erzählte Kara alles, was sich zugetragen hatte. Hannelore Bartok hörte aufmerksam zu.

»Erzähl mir noch mal von dem Abend, als David zurückkam und nach der Papierrolle suchte.«

»Merkwürdig«, murmelte Frau Bartok, als Kara aufhörte zu sprechen. »Sehr merkwürdig. Lass mich mal einen Moment nachdenken …«

Kara schwieg und horchte in den Hörer. Sie lächelte, weil sie glaubte, sie könnte ihre Großmutter sehen: Kopf geneigt, Stirn gerunzelt und die Innenseite der Wange kauend.

»Ich glaube«, sagte sie schließlich, »dass ihr auf beide Jungens aufpassen müsst.«

»Meinst du David *und* Peter?«, fragte Kara atemlos.

»Ja, das meine ich«, sagte Frau Bartok. »Weißt du, heute gibt es doch die Taktik: guter Polizist, böser Polizist.«

»Hab ich noch nie gehört«, hauchte Kara erschrocken. Ihr Herz schlug wild. Was bedeutete es?

»Ja, mein Engel«, sagte Frau Bartok. »Einer übernimmt die Rolle des Bösewichts, weißt du, und der andere, na ja, der andere ist der liebe Gute, der das Vertrauen gewinnt und nur Gutmütigkeit und Wohlwollen ausstrahlt.«

Kara schwieg.

»Bist du noch da?«, fragte Frau Bartok.

»Ja, Großma. So ist es wirklich. Peter ist die Ruhe in Person und so liebenswürdig und hilfsbereit und David …«

»Nun weißt du, was ihr machen müsst. Lasst euch nicht hinters Licht führen! Und noch etwas: Ihr müsst unbedingt Alfred auf eurer Seite haben. Ihr müsst ihm immer wieder zeigen, dass ihr es gut mit ihm meint und dass ihr ihm helfen wollt!«

»Ja, aber, Großma … wie schaffen wir das denn?«

»Ich glaube, dass sich Alfred hauptsächlich im Eckzimmer aufhält, weißt du, wo West und Ost sich treffen. Wenn ihr könnt, du und Lucy, haltet euch da oft auf und sprecht über ihn und Dele und Marie so viel, wie ihr könnt. Und wenn euch niemand anders hören kann, dann sprecht auch von euren Bedenken über David und Peter. Alfred wird euch helfen. Er ist ein Engel.«

»Meinst du das wirklich? Ich meine, dass Alfred ein Engel ist?«

Frau Bartok nickte: »Ja, mein Herz. Alfred ist ein Engel, und er verdient es, dass er in den Himmel kommt!«

Mit schwerem Herzen legte Kara den Hörer auf. Dann schlich sie auf Zehenspitzen auf den Flur, um zu sehen, ob Lucy schon schlief. Licht blitzte unter der Türritze hindurch. Kurz entschlossen klopfte Kara an und öffnete die Tür.

»Ich dachte, du wolltest schlafen«, sagte sie.

Lucy hielt den Zeigefinger auf die Lippen. Mit dem Kopf machte sie eine Bewegung zum Fenster hin. Geduckt schlich Kara sich zu Lucy.

»Da sind so komische Geräusche im Garten«, flüsterte sie. »Deshalb hab ich wieder Licht angemacht.«

Kara knipste es aus und flüsterte zurück: »Mein Rollo ist noch nicht runtergezogen, komm, wir gucken aus meinem Fenster.«

Es war Vollmond und der Mondschein versilberte den Garten, ließ jedoch die Schatten bedrohlich wirken. Atemlos drückten die Mädchen ihre Nasen ans Fensterglas. Sie wagten nicht, das Fenster zu öffnen. Und dann, plötzlich, ohne Warnung, waren sie in grellem Scheinwerferlicht gefangen. Erschrocken sprangen sie zurück und ließen sich auf den Teppich fallen. Lucy hielt Karas Hand fest umklammert, sie zitterte vor Angst. Kara ging es genauso. Wieder und immer wieder schien das starke Licht ins Fenster, suchend, von links nach rechts, von rechts nach links.

»Wir müssen hier raus«, brachte sie hervor. »Komm, wir kriechen in mein Zimmer.«

»Glaubst du, dass die uns gesehen haben?«, fragte Lucy.

»Ja, bestimmt. Wer es wohl ist?«, fragte Kara. »David?«

Lucy nickte.

»Oder vielleicht David und Peter?«

»Peter?«, fragte Lucy erstaunt.

Kara berichtete von den Vermutungen ihrer Großmutter. Sie gab das Gespräch mit Großma haargenau wieder. Lucy runzelte die Stirn, schüttelte mehrmals den Kopf. Sie verstand die Welt nicht mehr. Peter? David allein war schon ein Problem, aber wenn Peter auch so war wie David … ja, wem konnten sie denn überhaupt noch glauben und vertrauen? Wie von weit her hörte sie Karas Stimme: »… ja, so machen wir das. In Zukunft halten wir uns oft in dem Zimmer auf und sprechen von Alfred, so wie Großma gesagt hat. Schlimmes kann doch nicht passieren, jedenfalls …«

»Wovon sprichst du denn?«, fragte Lucy.

Und Kara musste alles wiederholen. Aber, während sie sprach, beobachtete sie das Scheinwerferlicht, das unermüdlich ihr Zimmer erhellte. Und mit Karas letztem Satz hörte auch das Licht auf.

»Hast du schlecht geschlafen?«, fragte David Kara am nächs-

94

ten Morgen, als er wie ein Tourist in den Laden geschlendert kam.

Kara tat erstaunt, und um ihr Erstaunen noch mehr zu bekunden, ließ sie ihre Augenbrauen fast bis zur Haarlinie steigen: »Wirklich? Nö«, lachte sie, »ich hab wunderbar geschlafen, fast zehn Stunden … so wie der berühmte Mops im Paletot, weißt du!«

Davids Augen verengten sich. »Ach«, murmelte er und hob gedankenverloren ein paar Broschüren vom Verkaufstisch hoch, »und ich hab gedacht …«

»Was?«, die Frage kam zu schnell und zu laut und zu scharf. David ließ die Blätter auf den Tisch zurückfallen. »Also doch!«, grinste er.

»Ach, Quatsch!« Karas Ton war so wie vorher. »Du und deine Mutmaßungen … was willst du eigentlich hier?«

David straffte die Schultern, zugleich steckte er die rechte Hand als Faust in seine Jackentasche.

»Warum trägste eigentlich ein Jackett?«, wollte Kara wissen. »Ich hab einen Termin mit Frau Dunkelroth.« David hatte seine Autoschlüssel aus der Tasche gezogen und ließ sie von seinem Zeigefinger baumeln. »Will ihr vorschlagen, einen Band über das August-Fest zu machen, weißt du, künstlerische Aufnahmen auf Glanzpapier, was zum Sammeln.«

Kara runzelte die Stirn: »Wie willste das denn fabrizieren? Bist doch Schauspieler … und zur gleichen Zeit fotografieren?« Ihr Gesicht verdunkelte sich, aber bevor sie noch mehr sagen konnte, klingelte das Telefon. Sie drehte David den Rücken zu, als sie den Hörer abnahm.

David ging runter ins Archiv, wo Lucy nach alten Bildern vom Schloss suchte. Er blieb neben ihrem Schreibtisch stehen. Sie blickte kurz auf, schenkte ihm aber keine weitere Beachtung.

»Hast du schlecht geschlafen?«, fragte er.

Sie antwortete nicht.

»Aha«, machte David. Lucy ließ sich nicht stören.

»Deine Freundin …«, er machte eine schroffe Kopfbewegung nach oben, »sagte, sie wäre die ganze Nacht wach gewesen.«

Lucys Hand zögerte, bevor sie weitersuchte. Ruhig fragte sie: »Bist du sicher, dass du mit Kara gesprochen hast?«

»Wieso?«

»Wir beide sind früh ins Bett gegangen und haben über neun Stunden gepennt.«

David hörte auf, mit dem Kleingeld in seiner Jackentasche zu klimpern. »Aber Peter sagte …«

Gespielt gleichgültig, fast gelangweilt, sagte Lucy: »*Peter? Was hat der denn damit zu tun?* Der war ja gar nicht bei uns. Was weiß der denn schon?« Ihr Herz klopfte rasend. Es war sehr still im Raum, und Lucy befürchtete, dass David ihren Herzschlag hören würde, aber der kickte nur launisch mit dem rechten Fuß gegen den Schreibtisch.

Dann räusperte er sich und sagte, im Weggehen: »Na ja!«

Als sie die Tür ins Schloss fallen hörte, sank Lucy in sich zusammen. Also doch, dachte sie grimmig, als sie die Tür ins Schloss fallen hörte, Karas Großmutter hat recht. Auch stimmte es, dass ihr Studio gestern Nacht beobachtet wurde. Warum?

Als sie mittags ins Studio kam, schnappte Kara gerade eine Plastikschachtel zu.

Sie rief aus: »Wir machen Picknick. Hab Tomaten und Mozzarella-Stullen gemacht. Wir nehmen Zitronentee und ein paar Pfirsiche mit. Komm, schnell aufs Rad!«

Sie radelten durch die Elbwiesen und ließen sich aufatmend in die Margeritenwiese fallen.

»Erst mal essen, und dann können wir alles besprechen. Bin kurz vorm Verhungern!«

Aber sie hätten sprechen können, bis der Schnee fiel: Sie kamen zu keinem Entschluss. Sie wussten nur, dass ihre Wohnung letzte Nacht beobachtet und bestrahlt wurde und dass David darüber Bescheid wusste. Wieso und warum – das waren Fragen, die sie nicht lösen konnten.

Nachdenklich stopfte Kara alles in ihre große Basttasche zurück. »Wir müssen uns so viel wie möglich im Eckzimmer aufhalten. Alfred braucht uns, ich kann es fühlen. Irgendwas stimmt nicht, irgendwas ist in der Luft.« Dann radelten sie in großer Eile zum Schloss zurück.

»Juhu!«, rief ihnen eine Stimme hinterher.

»Oh, Gesa, hallo!«, rief Kara und winkte. »Du, wir müssen uns beeilen. Mittagspause ist fast rum!«

Gesa winkte lässig ab: »Wollte nur sagen, dass Alfred am Wochenende Geburtstag hat, wisst ihr, am 17. August.« Sie lachte. »Wollen wir feiern?«

Kara und Lucy nickten. Ja, sie ahnten, dass es die ideale Gelegenheit wäre, Alfred aus seiner nebulösen Geisterwelt hervorzulocken.

Als Gesa ihr Rad abschloss, rief sie den Mädchen über die Schulter zu: »Kommt doch nachher ins Café – ich spendiere euch Kuchen!«

Bis zum 26. August, also noch zehn Tage, gab es jeden Abend Proben. Die Proben liefen jetzt reibungslos ab. Jeder hatte sich an seine Rolle gewöhnt, jeder spielte so, wie es der Dramaturg wollte, man hatte sich einander gewöhnt, sogar Lucy an David. Hin und wieder musste sie dagegen ankämpfen, dass er ihr unangenehm war, und auch musste sie vergessen, dass er David war und nicht Heini Albers, obwohl sie fand, dass sich beide Charaktere ähnlich waren. Sowie sie spürte, dass sie innerlich ins Wanken kam, suchte sie Kara mit den Augen, die Lucys Unsicherheit spürte und ihr dann aufmunternd zuwinkte oder zuzwinkerte.

Kara liebte ihre Rolle als Marie und akzeptierte Peter als ihren Partner Karl Martens. Aber genau wie Lucy musste sie sich hin und wieder ins Gedächtnis rufen, dass er Peter war und nicht Karl und dass sie aufpassen musste, sich nicht zu verraten. Verschiedene Male waren ihre Antworten sehr scharf, oder aber sie beobachtete ihn, ohne sich dessen bewusst zu sein.

Einmal fragte Peter ruhig und leise: »Na, wieso hast du wieder so schmale Augen?«

Erschrocken riss Kara ihre Augen auf und starrte ihn an. Gelassen antwortete sie: »Ach, ich hab an was anderes gedacht.« Aber sie hatte gesehen, dass seine Ader an der Schläfe heftig klopfte und wusste, dass seine Ruhe nur gespielt war.

»Und woran?«, wollte Peter wissen.

Kara, ohne lange zu überlegen, sagte: »Weißt du eigentlich, warum neulich nachts unser Haus beobachtet wurde?«

Peter wurde rot. Er spürte, dass ihm die Hitze ins Gesicht stieg, und ärgerte sich darüber. Kara beobachtete ihn mit klopfendem Herzen. Würde er antworten?

Peter schüttelte den Kopf: »Nö, davon weiß ich nichts.«

»Ach«, bedauerte Kara. »Schade, denn David wusste es, konnte uns aber nicht sagen, warum.«

Peter sah sie scharf an: »David wusste davon?«

Kara nickte. Peters Augenbrauen hatten sich zusammengezogen und er warf David einen düsteren Blick zu. Davids Augenbrauen schossen hoch und er hob die Schultern etwas an.

Na, dachte Kara, *die sind ja gut aufeinander eingespielt. Also stecken sie doch unter einer Decke!*

Gesa hatte vorgeschlagen, den Geburtstag von Alfred in den *Fünf Eichen* zu feiern, aber Kara meinte, im Schlossgarten wäre es angebrachter, weil Alfred ja im Schloss herumspukte. Und Lucy fragte, ob sie vielleicht ein Mitternachtsfest halten könnten, für eine Stunde von Mitternacht bis ein Uhr?

Gesa fragte: »Ja, und wie soll ich nach Hause kommen? Denn ich muss ja gleich morgens wieder im Café sein.«

»Wann?«, fragte Kara.

»Um zehn.«

»Ist ja gut«, warf Lucy ein. »Du schläfst eben bei uns und dann kannst du sogar ein bisschen länger schlafen. Wir frühstücken um neun, im Garten.«

Kara klatschte in die Hände: »Prima. So machen wir das!«

Und nun war Gesa gerade angekommen und stellte einen schweren Korb auf den Küchenfußboden. Sie machte den Kühlschrank auf und begann, ihn zu füllen.

»Meine Güte!«, rief Lucy aus. »Hast du einen ganzen Laden mitgebracht?«

Gesa errötete bis unter die Haarwurzeln. Verlegen schüttelte sie den Kopf.

Lucy legte ihr den Arm um die Schultern: »So hab ich es doch nicht gemeint, aber du hast unheimlich viel mitgebracht!«

Auch Kara nahm Gesa schnell in den Arm: »Prima! Jedenfalls

verhungern wir nicht!« Sie dachte einen Moment nach, dann sagte sie: »Wisst ihr, ich finde, wir sollten um Mitternacht nicht im Schlossgarten sitzen, sondern unter dem Fenster, aus dem Alfred gestoßen wurde …«

Lucy und Gesa zuckten zusammen und starrten Kara erschrocken an, die gelassen fragte: »Findet ihr nicht auch?«

Gesa hauchte: »Und wenn er nun kommt?«

Kara und Lucy sahen sich an.

Atemlos fragte Gesa: »Habt ihr ihn schon gesehen?«

Beide nickten.

Gesa schlug die Hand vor den Mund: »Oh nein! Seid ihr nicht weggelaufen?«

Beide schüttelten den Kopf.

Gesa ließ den Kopf hängen: »Vielleicht kommt er ja heute Nacht nicht, weil ich dabei bin.«

»Wieso?«, fragte Kara. »Wieso sollte er nicht kommen?«

»Ja«, sagte Gesa zögernd. »Vielleicht weiß er ja, dass ich eine Albers bin.«

»Ach, Unsinn!«, rief Kara aus und Lucy: »Quatsch!«

Aber als die drei dann, kugelrund und proppenvoll, sich kurz vor Mitternacht an die Schlossmauer lehnten, schielten sie doch hin und wieder nach oben aufs letzte Fenster des Eckzimmers. Es war geschlossen. Gesa öffnete eine Flasche Erdbeersekt, Lucy hielt die Gläser zum Füllen. Sie lauschten auf die Kirchenuhr, dass sie Mitternacht schlug, um beim ersten Gong ihre Gläser heben zu können: »Herzlichen Glückwunsch, Alfred, einen schönen Geburtstag wünschen wir dir!«

Lucy fragte: »Wie alt ist Alfred eigentlich geworden?«

Gesa runzelte die Stirn: »Er war 22, als er starb, und das war 1600 …«

»Dann ist er heute 423 Jahre alt!«, kicherte Kara. Ihr war der Sekt zu Kopf gestiegen, aber sie ließ ihr Glas erneut füllen.

»423 Jahre – eine unheimlich lange Zeit!«, meinte Lucy. »Wir sind noch nicht mal 20!«

»Darauf wollen wir anstoßen!« Kara hob ihr Glas und wollte mit Lucy und Gesa anstoßen, als sie sah, dass ihr Glas leer war. »Ich dachte, du hättest es gefüllt, Lucy?«, fragte sie verwundert.

Lucy sah erschrocken auf das Glas. »Aber«, sagte sie, »aber …«

»Natürlich, du hast es gefüllt, hab ich ja selber gesehen«, warf Gesa ein. »Ist es vielleicht umgekippt?«

Kara betastete mit der flachen Hand das Gras, wo das Glas gestanden hatte. Sie schüttelte den Kopf – und war urplötzlich nüchtern. Lucy und Gesa starrten sie an. Dann rückten die drei enger zusammen.

»Das bedeutet … Das bedeutet …« flüsterte Lucy.

»Sag bloß nichts!«, hauchte Kara.

Gesa hielt den Atem an und machte sich ganz klein: »Die Kirchturmuhr hat eben erst geschlagen, also noch fast eine Stunde.«

»Ja, mal sehen, was jetzt passiert!«, flüsterte Lucy. »Was können wir nur machen, um wach zu bleiben?«

Kara dachte nach und sagte dann: »Ich glaube, wir erzählen uns die Geschichte vom Richtfest, damals im August 1600 … Wer fängt an?«

Anfangs ging es nur stockend. Kara fing an, vom Richtfest des Schlosses zu erzählen, so wie sie die Geschichte von ihrer Großmutter kannte. Lucy fiel ein, ergänzte, fragte und Gesa nickte, hörte zu und schmückte die Geschichte mit lokalen

Einzelheiten aus, die Kara und Lucy nicht wissen konnten. Die drei Mädchen waren so eifrig am Erzählen und Zuhören, dass sie darüber Alfred tatsächlich vergaßen.

Gesa klatschte in die Hände: »Ist es nicht wunderbar, dass wir das alles selber miterleben können …« Sie stockte: »Ich meine, unser Schlossspiel am 26. August?!«

»Oh«, flüsterte Lucy, »jetzt ist der Zauber vorbei. Wie spät haben wir's denn?« Sie guckte auf ihre kleine Armbanduhr. »Gleich eins«, hauchte sie. Sie schob ihre Hände links und rechts durch Karas und Gesas Arme und klammerte sich an sie. »Und jetzt?«

Instinktiv blickten alle drei nach oben und hielten vor Entsetzen den Atem an. Das Fenster war geöffnet, weit geöffnet! Die Kirchenuhr fing an zu schlagen, es war nur ein Gong, tief und traurig: *gonnnnnnnnnnnnnnnnnnng!*

Es war, als wären die Augen der Mädchen am Fenster festgeklebt, als könnten oder würden sie nie wieder auf etwas anderes blicken als dieses Fenster. Und dann, beim letzten Laut des Gongs, sahen sie etwas auf sich zufliegen oder vielmehr etwas durch die Luft schweben. Es war leicht und hell, schwerelos. Sechs aufgerissene Augen verfolgten den Flug, beobachteten, wie es näher auf sie zukam und dann … dann sahen sie nichts mehr. Es war weg, verschwunden, nicht mehr da. Atemlos blieben die Mädchen wie Wachsfiguren sitzen. Es erschien ihnen wie eine Ewigkeit, in Wirklichkeit waren es aber nur knappe zwei Sekunden.

Kara räusperte sich und flüsterte dann heiser: »Lasst uns schnell nach Hause laufen …«

»Nicht so schnell«, antwortete Gesa, »wir wollen nichts stören, wir wollen nicht auffallen.«

102

»Wieso?«, fragte Lucy angstvoll. »Wer soll uns denn sehen? Ich meine …« Ratlos sah sie die Freundinnen an.

Kara legte nur ihren Zeigefinger auf die Lippen und schüttelte vielsagend den Kopf. Gesa nickte. Und geräuschlos standen sie auf und schlichen sich geduckt an der Schlossmauer entlang dem Studio zu.

Aufatmend ließ Kara die Studiotür ins Schloss schnappen. Dann zog sie das Rollo runter und glitt langsam an der Tür herab auf den Fußboden. Gesa sah blass aus und Lucy erschöpft.

Gesa wollte den Korb in die Küche bringen, als sie sich umdrehte und erstaunt ausrief: »Was hast du denn im Haar, Kara?«

Sofort schossen Karas Hände hoch, um ihre dunklen Locken abzutasten. Ihre Finger blieben auf etwas Weichem liegen, etwas, was sich irgendwie vertraut anfühlte.

»Alfreds Band«, wisperte Lucy. »Oh, Kara, es ist wieder das Band.«

»Ja, aber …« Gesa versagte die Sprache. »Aber …«, sie zeigte auf Lucys Kopf, »aber du hast ja auch so ein Band im Haar!«

»Und du!«, rief Kara aus, schlug sich aber gleich mit der Hand auf den Mund. »Du auch!«, flüsterte sie verwundert. »Gesa … Lucy …«

»Ja, wir alle drei!«, bestätigte Lucy. »Alfred hat uns allen eine Schleife ins Haar geflochten!«

»Nö«, sagte Gesa. »Ich kann nicht alleine hier unten schlafen. Ich nehme die Matratze mit zu euch nach oben und schlafe im Flur!«

*

Am nächsten Morgen hoben Kara und Lucy die rote Kordel hoch, die quer vor der Treppe im Hauptflügel gespannt war. Sie hatten sich kurze Zeit im Schlossladen aufgehalten, um zu sehen, ob jemand oben im Büro arbeitete.

Lisa, die Wochenendaushilfe, schüttelte den Kopf und zog die Schultern hoch: »Heute? Sonntag?«

Auf Zehenspitzen liefen die beiden die Treppe hinauf, bogen links ab und liefen auf die hinterste Tür zu. Aufatmend stellten sie fest, dass sich wirklich niemand auf der Etage befand. Im Eckzimmer blieben sie vor dem letzten Fenster stehen. Kara befühlte die Fensterbank, ließ ihre Hand an den Seiten und auch in der Mitte am Fenster entlanggleiten.

»Was machst du?«, fragte Lucy leise.

»Ich weiß nicht«, gab Kara zu. »Ich hab gedacht, vielleicht kann ich irgendetwas fühlen oder finden, was auf Alfred deutet.«

»Vielleicht Fingerabdrücke?«, schlug Lucy vor.

»Meinst du das im Ernst? Kann ein Gespenst Fingerabdrücke hinterlassen?«

Beide seufzten und setzten sich unter das Fenster. Sie fingen an, das Gespräch zu führen, das sie vormittags eingeübt hatten.

Kara sagte: »Alfred ist jetzt 423 Jahre alt. Also wird es an der Zeit, dass er erlöst wird.«

Lucy: »Ja, aber wie können wir das bewerkstelligen?«

Kara: »Du meinst, wie können wir ihm helfen, aus seiner Gespensterrolle in die Ewigkeit zu schlüpfen?«

Lucy: »Ja.«

Kara: »Aber wie wissen wir denn, ob er es überhaupt will? Vielleicht gefällt es ihm ja, hier zu sein.«

Lucy: »Nein, das glaube ich nicht. Ich glaube, dass er viel lieber bei Dele sein möchte.«

Kara: »Dele. Ich möchte zu gerne wissen, wie sie aussah. Alle sagen, sie war ein entzückendes Mädchen, sehr hübsch …«

Lucy: »Ja, und wie für Alfred geschaffen. Sie soll sehr tüchtig gewesen sein und gut angelernt von ihrer Mutter.«

Kara: »Und Alfred und Dele sollen heimlich verlobt gewesen sein …«

Lucy: »Ich weiß nicht, ob das stimmt. Denn damals waren die Zeiten so ganz anders. Ich nehme an, Alfred und Dele durften nie alleine sein.«

Kara: »Es soll eine Zeichnung von Dele geben. Wer hat mir das erzählt?«

Lucy: »Frau Dunkelroth?«

Kara: »Nein. Ich glaub nicht. Wie schade, dass die Schäferkate abgerissen wurde. Es wäre so gut gewesen, wenn wir sie hätten sehen können.«

Lucy: »Das stimmt. Aber irgendwo gibt es doch Fotografien und auch Zeichnungen von der Schäferkate.«

Kara: »Aber nicht von drinnen.«

Lucy: »Und wo ist Alfreds Haus?«

Kara: »Ich glaub hinterm Friedhof, da auf der linken Seite, genau hinterm Friedhof.«

Lucy: »Aber es ist nicht mehr das Haus, in dem Alfred geboren wurde und aufwuchs, oder?«

Kara: »Du hast recht. Wirklich, um mehr herauszufinden, bräuchten wir eine Zeichnung von Dele und eine Zeichnung von Alfred …«

Lucy: »… und eine Zeichnung von der Schäferkate und von Alfreds Geburtshaus.«

Kara: »Wer kann uns da bloß helfen?«

Nun saßen sie stumm da. Zögernd stand Kara auf.

Lucy sah zu ihr hoch und nickte: »Ja, wir müssen schnell ins Café, vielleicht weiß Gesa Rat.«

Aber Gesa hatte viel zu tun, alle Tische drinnen und draußen waren voll besetzt, und sie und Peter flogen wie Hummeln hin und her.

Gesa nickte, als Kara ihr zurief: »Wir kommen kurz vor Schluss rüber und helfen euch, aufzuräumen. Wir müssen unbedingt sprechen.« Aus den Augenwinkeln konnte sie sehen, dass Peter sie aufmerksam beobachtete, obwohl er zur gleichen Zeit eine Bestellung aufnahm.

Später saßen alle vier, Kara und Lucy, Gesa und Peter, auf den Steinstufen zum Haupteingang des Schlosses im Schatten und schwiegen sich an. Hin und wieder seufzte einer von ihnen, aber dann war wieder Stille. Kara wusste nicht, wie sie mit Gesa sprechen konnte, während Peter da war, und er wusste nicht, wie er herausfinden konnte, was Kara und Lucy von Gesa wissen wollten.

Mit zusammengezogenen Augenbrauen sah Peter Kara von der Seite an und murmelte missmutig: »Na ja, dann will ich mal … tschüss!«

Sie atmeten alle auf, als er um die Schlossecke verschwand.

Gesa kannte das Haus, in dem Alfred Martens geboren wurde, aber nur von einem Bild her, einer alten Ansichtskarte. Sie sagte, die Sparkasse hätte Kopien von der Ansichtskarte. Sie sagte aber auch, dass das Haus vor Jahrhunderten schon abgerissen worden sei und nun ein anderes Haus da stände. Es sei die Autowerkstatt hinter dem Friedhof, ein rotes Fachwerkhaus.

Beide, Kara und Lucy, schüttelten mit dem Kopf. Die Werkstatt wäre nicht interessant, aber sie würden sich eine Kopie des Hauses von der Sparkasse holen.

Dann seufzte Lucy: »Heute ist der 18. August. Bald führen wir das Richtfest auf!«

Nun seufzten alle drei.

»Tja, dann können wir nur hoffen, dass die Generalprobe schiefgeht!«, lachte Kara.

»Wieso denn schief?«, fragte Gesa.

»Weil dann alles am Haupttag klappt!«, lachte Lucy.

»Also können wir uns Mittwoch auf was gefasst machen!«, stöhnte Gesa.

»Wisst ihr, was wir machen sollten?«, fragte Kara.

Gesa und Lucy sahen sie erwartungsvoll an.

»Ich finde, wir sollten die Bänder von Alfred an uns haben, vielleicht auch ins Haar flechten. Niemand wird sie sehen, denn wir müssen ja das rote Käppchen tragen!« Gesa und Lucy nickten.

Lucy meinte nachdenklich: »Vielleicht werden wir ja dadurch beschützt …«

»Ja«, fiel Gesa ihr ins Wort »und vielleicht weiß Alfred dann, dass wir auf seiner Seite sind!«

Kara kaute auf der Innenseite ihrer Wange: »Ja«, sagte sie endlich, »wenn das doch bloß so wäre! Aber ich habe Angst, dass es uns unmöglich ist, Alfred seine lang verdiente Ruhe zu verschaffen …« Sie hielt inne. »Und wie werden wir es denn gewahr, dass er kein Gespenst mehr ist?«

Diese Frage beschäftigte die drei Mädchen unentwegt in der folgenden Woche. Während der Generalprobe ging alles, aber auch wirklich alles schief. Alles ging drunter und drüber. Viele konnten sich nicht an ihre Zeilen erinnern, viele dachten mit Schrecken daran, dass sie Sonnabend wirklich auf der »Bühne« stehen würden, und der Schrecken verdoppelte sich, als Frau Dunkelroth erfreut bekannt gab, dass bereits über tausend Eintrittskarten für die einzige Vorstellung verkauft worden wären.

»Oh, wie wunderbar!«, klatschte sie begeistert in die Hände. »Was für ein Segen fürs Schloss, für die so sehr notwendige Restauration!«

Nach der Generalprobe schleppten sich Kara und Lucy erschöpft und niedergeschlagen in ihr Häuschen. Sie waren mut- und sprachlos und reagierten nur schwach, als Gesa vom Gartenstuhl vor der offenen Gartentür aufsprang, ihnen zuwinkte und rief: »Kommt, setzt euch. Wir trinken auf diese hoffnungslose Generalprobe!« Sie riss ein Handtuch von einem Tablett auf dem Tisch. Drei Sektgläser kamen zum Vorschein, und dann lief sie ins Haus, um eine bereits geöffnete Flasche *Prosecco* triumphierend hochzuhalten: »Prost, Sonnabend, Prost, Erfolg!« Sie füllte die Gläser und stieß sofort mit Kara und Lucy an.

Schon nach einem Schluck fühlte Kara sich belebt: »Meine Güte, Gesa, du kannst ja zaubern! Das ist genau das, was wir brauchen, findest du nicht auch?«, fragte sie Lucy.

Lucy nickte. Auch sie fühlte sich besser.

Der Schlossgarten hatte sich geleert. Die Mädchen waren allein in der Abendstille. Man hörte Frösche quaken und Grillen zirpen.

»Ich werde dies alles sehr vermissen«, sagte Kara leise. »Kann mir nicht vorstellen, dass ich nächsten Monat in London bin, an der Uni.«

»Komisch, dass man immer denkt, es ändert sich nichts«, stimmte Lucy ihr zu. »Wir haben uns so aneinander gewöhnt und an dieses Leben hier.«

»Ja«, nickte Gesa. »Aber ihr könnt nicht abfahren, könnt nicht …« Erschrocken hielt sie inne und flüsterte dann: »… ihr könnt doch Alfred nicht im Stich lassen!«

Erschrocken rief Kara aus: »Aber das haben wir doch gar nicht vor!«

»Ja, aber …«, hauchte Gesa, »wenn nun, wenn ihr nun … wenn …«

»Quatsch!«, stieß Kara hervor, »so denken wir nicht. Dürfen wir auch nicht denken. Wenn wir abfahren, hat Alfred seine Ruhe gefunden. Basta!«

Betroffen senkte Gesa den Kopf.

Lucy runzelte die Stirn: »Weißt du, was? Ich hab's total vergessen vorhin, weil wir uns so beeilen mussten wegen der Generalprobe. Ich glaube, ich hab eine E-Mail von deinem Bruder!«

»Wieso glaubst du es?«, fragte Kara schon im Aufstehen begriffen.

»Absender war bbartok, deshalb … aber ich hatte keine Zeit.«

»Mensch, kommt schnell, ich guck nach. Denn wenn du eine hast, dann hab ich ja auch eine!«

Alle drei waren schon oben, als Kara noch einmal nach unten lief, um die Gartentür abzuschließen. Sie war so in Eile, dass sie nicht beachtete, dass eine Figur im roten Hemd hinter einen Busch auf der gegenüberliegenden Seite des Gartens sprang. Aber Gesa hatte sie gesehen, denn sie stand oben am Fenster und wartete, bis Lucy ihren Laptop angeschlossen hatte.

Als Kara atemlos ins Zimmer gelaufen kam, fragte Gesa: »Hast du David auch gesehen?«

»Daaaaaavid?!«, fragten Kara und Lucy.

Gesa nickte: »Ja, er versteckte sich hinter einem Busch, als er dich unten an der Gartentür sah …«

Alle drei guckten aus dem Fenster. Sie konnten nichts sehen. Vielsagend blickten sich Kara und Lucy an. Lucy öffnete ihren Laptop.

»Ja«, nickte Kara. »Von meinem Bruder. Mal sehen, was er uns geschickt hat.«

Inzwischen war es dunkel geworden. Der Sichelmond glänzte am Himmel, um ihn herum glitzerten die Sterne.

Geräusche kamen aus dem Garten. Es hörte sich an, als hätte jemand einen Gartenstuhl umgeworfen. Lucy wollte gerade auf Zehenspitzen ans Fenster schleichen, als ein Handy klingelte. Gesa sprang vor Schreck in die Luft. Mit zitternder Hand zog sie das Telefon aus ihrer Hosentasche.

Sie horchte und sagte dann: »Ja, Mama. Ich bin bei Kara und Lucy. Ja, ich weiß nicht …«

Kara nickte ihr zu: »Du schläfst heute Nacht bei uns, ist doch klar!«

Lucy stand am Fenster und lehnte sich hinaus, sie sah sich im dunklen Garten um. Aber es war zu dunkel und sie konnte nichts erkennen. Es war still draußen. Sie lief Kara und Gesa hinterher.

Kara rief: »Kommt mal schnell her, lest mal, was mein Bruder geschrieben hat.« Sie lehnte sich zurück, damit Lucy und Gesa besser lesen konnten:

Kara, so was habe ich noch nie erlebt! Als ich die Bilder zu-sammenstellte, musste ich sie immer und immer wieder neu aneinanderreihen. Es war, als hätten sie ein Eigenleben. Ich konnte nichts frei mit ihnen machen, es klappte erst, als ich ihnen gehorchte. Wenn mir das jemand erzählt hätte, hätte ich gesagt, der spinnt!

Es ist so irre interessant, weil die Bilder nichts zeigen, wenn man sie so ansieht. Man sieht erst das Geschehen, wenn sie in der richtigen Reihenfolge sind. Wer hat sie gemalt? Ich nahm sie mit ins Studio. Mein Prof meinte, das Papier sei mindestens dreihundert Jahre alt oder noch älter – aber eine Analyse wäre sehr teuer, sagte er, weil sie so langwierig sei.

Sprach vorhin mit Grandma, die sehr besorgt um Dich ist. Sie war schockiert, als ich ihr von diesen Bildern erzählte, und meinte, vielleicht seien da nicht nur gute Geister mit im Spiel, sondern auch andere Mächte. Mach nichts Unüberlegtes, nichts Voreiliges und niemals etwas allein, soweit es das Schloss betrifft. Immer nur mit Lucy! Ganz ehrlich: Ich bin froh, wenn Du in London bist, weil Dir das Studium keine Zeit für Dummheiten lässt.

Pass auf Dich auf, B.

Am liebsten hätte Kara geschnauft oder die Besorgnis ihres Bruders weggelacht, aber ihr Magen fühlte sich an, als sei sie auf hoher See. Sie saß stockstill und auch Lucy und Gesa rührten sich nicht.

»Tja …«, hauchte Lucy zögernd.

»Tja …« ahmte Gesa ihr nach.

»Tja«, machte auch Kara,

Keines der Mädchen rührte sich, sie hatten Angst, aus dem Zimmer zu gehen.

Deshalb sagte Kara forciert nach ein paar Minuten: »Wisst ihr

was, wir gehen ins Bett! Denn Gesas Bettsachen sind ja noch hier vom Wochenende, insofern können wir ganz schnell in die Falle kriechen. Und die Zeichnungen kennen wir sowieso. Den Film von Ben gucken wir uns ein anderes Mal an.«

Lucy und Gesa nickten. Ihnen war unheimlich zumute.

Lucy fragte: »Habt ihr vorhin den Lärm gehört? Als wir noch in meinem Zimmer waren? Ein Gartenstuhl ist umgekippt, aber ich konnte nichts sehen.«

Kara zuckte die Schultern: »Vielleicht war's ein Hund oder eine Katze.«

Obwohl alle drei dachten, sie könnten vor Angst nicht einschlafen, schliefen sie jedoch schnell ein und hörten nicht die leichten Schritte, die erst vor der Gartentür haltmachten und dann auch vor der Haustür. Sie sahen auch nicht die Strahlen einer Taschenlampe, die in alle Fenster leuchtete, und auch nicht, dass jemand verärgert mit dem Fuß gegen die Hauswand stieß, und dann das leise knirschende Geräusch eines sich entfernenden Fahrrads.

*

Den folgenden Mittag stürmten Kara und Lucy in ihr Haus, sie hatten es eilig, so schnell wie möglich ein Picknick zusammenzuwerfen, um an die Elbe fahren zu können.

Lucy bückte sich, um die Post aufzuheben. Sie blätterte ungeduldig durch die Werbepost. »Ach«, stöhnte sie, »alles für 'nen Papierkorb!« Dann runzelte sie die Stirn. »Du, Kara«, rief sie nach oben, »komm doch mal. Guck dir das an!«

Kara, leichte Sandalen in der Hand, kam die Treppe runtergelaufen: »Was denn?«, fragte sie.

Lucy hielt ihr einen bräunlichen Fetzen Papier entgegen. »*Seh Buch*« stand da drauf, in ungelenken Buchstaben geschrieben.

»Seh Buch? Seh Buch?«, murmelte Kara. »Was soll das denn?« Sie legte das Papier unter den Fuß der Tischlampe auf dem Flur. »Ach, komm. Wir müssen los.«

Für den Rest des Nachmittags ließen jedoch die zwei Wörter »*Seh Buch*« die beiden nicht zur Ruhe kommen und los.

»Meine Güte, was für ein Tag! Was für eine Plage! Und dann auch noch *Seh Buch Seh Buch* … Was bedeutet es?« Kara stand im kleinen Flur und hielt den Fetzen Papier in der Hand.

Lucy stand neben ihr und zuckte mit den Schultern. Plötzlich quietschte Kara und schubste Lucy ins Badezimmer, zog die Toilette runter und drehte den Wasserhahn voll auf.

Dann flüsterte sie Lucy ins Ohr: »Alfred meint, wir sollten mit Frau Burmester sprechen.«

Lucy guckte verständnislos.

»Frau Burmester, weißt du, Frau Burmester von der Buchhandlung!«

Lucys Gesicht erhellte sich. »Natürlich! Natürlich!« Dann fragte sie ratlos: »Aber wie wollen wir das anstellen?«

»Komm«, rief Kara und stellte den Wasserhahn ab, »komm schnell, nichts wie hin!«

Die Mädchen fuhren gerade bei der Apotheke um die Ecke, als die rechte Hand von der Buchhändlerin, Frau Klass, die Buchhandlung abschließen wollte.

»Warten Sie, bitte warten Sie!«, rief Kara und wedelte wild mit ihrem linken Arm. Erschrocken hielt Frau Klass inne.

Kara bremste scharf vor der erschrockenen Frau. »Wir müssen unbedingt Frau Burmester sehen!«, sagte sie, vom Rad springend.

»Ja, aber …«, sagte Frau Klass, »ja, Frau Burmester ist aber im Urlaub! Sie macht Ferien!«

Fassungslos starrten die Mädchen die Frau an. »Frau Burmester im Urlaub?«, fragte Lucy tonlos.

»Ja!«, bestätigte Frau Klass. »Wo brennt's denn? Kann ich euch nicht helfen? Wenn ihr ein Buch braucht, das wäre morgen da!«

»Ach nein!« Kara machte eine wegwerfende Handbewegung.

»Wann ist Frau Burmester denn zurück?«, fragte Lucy leise.

»Montag«, antwortete Frau Klass. »Sie ist immer sehr früh im Laden, ihr könnt schon um acht an die Tür klopfen. Wenn ihr wollt, dann sag ich Frau Burmester Bescheid.«

Jetzt machte Lucy eine wegwerfende Handbewegung: »Geht nicht, wir fahren diesen Sonntag weg.«

»Ach«, fragte Frau Klass interessiert, »ist eure Zeit im Schloss schon vorbei? Das ging aber schnell! Hat es euch bei uns gefallen?«

Kara und Lucy nickten und murmelten: »Ja sehr, besser als wir angenommen hatten.«

»Na ja«, sagte Frau Klass, »wenn ich euch nicht helfen kann, dann wünsche ich euch alles Gute. Vielleicht kommt ihr ja mal wieder zurück!«

»*Vielleicht kommt ihr ja mal wieder zurück!*«, *ä*ffte Kara Frau Klass nach. »*Vielleicht kommt ihr ja mal wieder zurück!*«

»Ach, Kara, hör doch auf. Es hilft nichts! Wir müssen uns damit abfinden.«

»Wir finden uns mit nix ab!«, rief Kara verärgert. »Meine Güte, wir können doch Alfred nicht im Stich lassen!«

»Und was willst du machen?«, fragte Lucy verzagt. Wenn sie doch bloß schon weit weg wäre. Weg vom Schloss, weg von Alfred und weg, ja, auch weg von Kara! Ohne auf Karas Antwort zu warten, bog sie gewollt langsam in die Allee zum Schloss ein.

»Und was willst du machen?«, äffte Kara nun Lucy nach, als sie ihr Rad durch die Haustür schob.

Lucy warf ihr einen düsteren Blick zu, sagte aber nichts, sondern lief die Treppe hinauf in ihr Zimmer. Ratlos blieb Kara im kleinen Flur stehen. So hatte sie Lucy noch nie erlebt. Sie lief nach oben. Lucys Tür war geschlossen. Kara klopfte, erhielt aber keine Antwort. Sie stieß die Tür auf. Lucy stand am Fenster und starrte raus. Sie drehte sich nicht um.

»Du meine Güte!«, rief Lucy aus. »Schnell, Kara, schnell guck mal, wer da im Schlossgarten ist!«

Kara lief ans Fenster. »Ist doch nicht zu fassen!«, rief sie aus. »Schnell!«

Beide sausten die Treppe hinunter und raus aus der Gartentür. Kara lachte und Lucy ließ sich anstecken: Frau Burmester und Frau Warner waren gerade die Steintreppe zur Grotte hinuntergegangen.

»Nicht zu fassen, nicht zu fassen!«, rief Kara und warf beide Arme in die Luft.

Mit großen Sprüngen sausten sie die breiten Steinstufen zur Grotte hinunter.

Frau Warner strich sich gerade mit beiden Händen hinten den Rock glatt, um sich hinzusetzen, drehte den Kopf aber den Mädchen zu. Ihre Brille rutschte die Nase hinunter, und so blieb sie stehen: krumm, wie in Wartestellung.

Frau Burmester saß schon auf der Bank und sah den Mädchen ohne Lächeln entgegen. Sie fragte: »Wo brennt's denn?«

»Im Ofen, im Ofen!«, trällerte Kara.

Frau Warner ließ sich schwer auf die Bank plumpsen. »Ach«, fragte sie gelassen, »zu viel Sonne?«

»Nein! Zu wenig Gespenst!«, rief Kara immer noch lachend, schlug sich dann aber mit der flachen Hand auf den Mund. Blitzschnell drehte sie sich um. Aufatmend stellte sie fest, dass sonst niemand im Schlossgarten war.

»Ach? Wirklich?«, fragte Frau Burmester trocken.

Frau Warner polierte ihre Brille an ihrem gestreiften Sommerrock, und als sie sie wieder auf die Nase setzte, befahl sie: »Nun mal los. Erzählt!«

Kara sah Lucy fragend an. Lucy nickte. Sie hielt das Papier mit Alfreds »*Seh Buch*« fest in der Hand. Lucy hielt es den Frauen entgegen, die es interessiert ansahen und dann fragend Lucy ansahen.

Lucy sagte: »Alfreds Mitteilung.«

»Ach?«, fragte Frau Warner und nickte.

»Kann sein«, meinte Frau Burmester.

Da es sonst keine Sitzgelegenheit in der Grotte gab, setzten sich die Mädchen auf den niedrigen Steintisch den Frauen gegenüber. Und dann erzählten Kara und Lucy abwechselnd, was in den letzten Tagen geschehen war. Sie sprachen leise und eindringlich. Sie wurden von ihren Zuhörerinnen nicht unterbrochen.

Frau Burmester seufzte auf.

Frau Warner murmelte: »Das sieht Erika ähnlich!«

»Wer ist Erika?«, fragte Kara.

»Frau Dunkelroth.« Frau Warner sah Frau Burmester an, die

prompt sagte: »Wisst ihr, Frau Dunkelroth will im Grunde genommen nicht, dass Alfred zur Ruhe kommt.«

»Was?«, rief Kara aus.

»Wie bitte?«, kam der höflichere Ausruf von Lucy.

»Ja, das könnt ihr mir glauben!« Frau Burmester atmete tief auf. »Sie glaubt, dass ein Schloss mit Gespenst für Touristen wesentlich interessanter ist als ohne.«

»Plant sie nicht solche Gespensterwochenenden hier?«, fragte Frau Warner. »Irgendwo hab ich was gelesen.«

Frau Burmester nickte: »Ja, das Schlossfest ist der Anfang …«

»Also nicht, um Alfred zu feiern, sondern einfach *Werbung*?«, fragte Lucy.

Frau Burmester nickte.

Kara kaute die Innenseite ihrer Wange. Sie fühlte, dass Alfred gerettet werden könnte, dass bald alles in Ordnung sei. Dann fiel ihr Peter ein. Und David …

»Wissen Sie«, sagte sie nachdenklich, »wir haben da auch Schwierigkeiten mit David gehabt …« Lucy nickte ihr aufmunternd zu.

Kara erzählte von David und Peter, von ihren und Lucys Vermutungen, dass David ihnen hinterherspionierte.

»Ist doch klar!«, schnaufte Frau Warner. »David ist ja der Neffe von Erika …« Sie schlug auf eine Mücke, die sich auf ihren Arm gesetzt hatte. »Und sie hat mir neulich erzählt, dass er alles Mögliche für sie macht, weil er Geld für die Journalistenschule in Hamburg braucht.«

»Und Peter?«, fragte Lucy.

»Peter ist in Ordnung. Der muss erst mal aussortieren, nicht von anderen beeinflusst zu werden. David ist sein bester Freund und für Peter das A und O … Aber bald trennen sich ihre Wege, denn Peter will Arzt werden und wird bald in Hannover sein.«

»Ja, und was machen wir nun?«, fragte Lucy besorgt.

»Mit Alfred?«, fragte Frau Burmester.

»Ja, sehen Sie mal!« Lucy hielt Frau Burmester Alfreds Mitteilung hin.

Frau Warner pfiff durch die Zähne. Frau Burmester schloss die Augen. Sie dachte nach.

Alle vier saßen schweigend da. Dann fiel Kara der Film ein, den ihr Bruder zusammengesetzt hatte.

»Ich möchte Ihnen etwas zeigen, aber das ist in meinem Computer. Könnten Sie mitkommen?«, fragte sie nun doch etwas ängstlich. Sie wusste nicht, wie die Frauen auf die Bilder reagieren würden, aber dann hegte sie eine große Hoffnung, dass sich irgendetwas aus dem Film herauskristallisieren würde, vielleicht eine Idee, vielleicht sogar die Rettung von Alfred.

Als Kara ihren Laptop anknipste, sagte Lucy: »Wir hoffen so sehr, dass sich alles am 26. August klärt, aber …«

Frau Burmester nickte. Dann sagte sie: »Mal sehen, was euer Film zeigt, und dann sollten wir nachdenken, was ihr noch machen könnt, bevor ihr abfahrt.«

Kara sagte leise: »Aber das ist doch schon diesen Sonntag!«

Frau Warner knuffte Karas Schulter: »Man keine Bange, Alfred ist ja auch nicht auf den Kopf gefallen. Er will seine Ruhe!«

Atemlos sahen sich die Frauen den kurzen Film an. Karas Herz schlug wild, und als sie sich zu Lucy umdrehte, wusste sie, dass es Lucy nicht anders erging.

Frau Burmester atmete schwer, als der Film vorbei war.

Frau Warner hatte die Stirn gerunzelt und kratzte sich am Ellbogen. Sie befahl: »Noch mal!«

Der Film war so realistisch, so kurz, wie er war.

Ohne zu warten, spielte Kara den Film noch mal und noch mal und noch mal …

»Tja«, räusperte sich Frau Warner. »Nun müssen wir mal überlegen …«

Kara lief, um Tee zu machen, und als sie dann alle bei offener Tür unten im Gartenzimmer saßen und ihn schlürften, sagte Frau Burmester: »Wir müssen Alfred aus der Reserve locken. Wir müssen ihm zeigen, dass jetzt wirklich die Zeit gekommen ist, dass er sich verabschiedet …«

Frau Warner nickte. Sie runzelte die Stirn, schürzte die Lippen und trommelte mit der linken Hand auf den Glastisch. »Na ja, Kinder, wir könnten ja vielleicht … vielleicht …«

Frau Burmester, Kara und Lucy hörten gespannt zu, nickten, schüttelten den Kopf, zuckten mit den Schultern, nickten …

*

Die rötliche Morgensonne hing tief am Himmel wie ein japanischer Lampion. Kara fröstelte, obwohl es schon warm war. Sie war angespannt und nervös und betete in Gedanken: *Lieber Gott, mach, dass dieser Tag ganz schnell vorbei ist. Hilf uns allen. Vor allen Dingen aber Alfred. Lass ihn zu Ruhe kommen.*

Sie ließ das Rollo hochschnappen, öffnete das Fenster weit und bewunderte die ungewöhnliche Sonne. So eine Sonne hatte sie noch nie gesehen, und sie wusste, dass sie sich immer daran erinnern würde, denn es war der 26. August, der Tag des großen Schlossfestes. Auf Zehenspitzen lief sie zu Lucy, um sie aufzuwecken. Aber Lucy stand schon am Fenster und bewunderte die Sonne. Beide Mädchen standen wortlos nebeneinander. Dann zeigte Lucy auf ihren Schrank. Kara nickte. Ja, da hing wie bei ihr am Schrank die Tracht, die sie heute Abend tragen würden: der grasgrüne lange Rock, die weiße Bluse mit vollen Ärmeln, das schwarze knappe Mieder aus Samt und das kleine rote Käppchen. Und dann natürlich auch weiße Kniestrümpfe und schwarze polierte Schuhe. Kara stöhnte. *Kniestrümpfe,* dachte sie, *an so einem heißen Tag auch noch Kniestrümpfe!* Lucy kicherte. Sie wusste, was Kara dachte. Aber sofort wurde sie ernst und seufzte.

»Ja«, nickte Kara ihr zu. »Bald ist hier alles vorbei und wir werden uns nur per E-Mail oder so verständigen können …« Gedankenvoll fügte sie hinzu: »Aber erst mal müssen wir Alfred helfen – wenn bloß alles glattgeht heute, weißt du, ich habe so ein unbestimmtes Gefühl!«

»So wie Magensausen vorm Examen?«, fragte Lucy.

Kara nickte: »Ja, genauso.« Nun seufzten beide Mädchen.

Beide waren froh, dass sie tagsüber ihre eigenen Sachen tragen konnten und erst abends, fürs Theaterstück, das Kostüm anziehen mussten. Gesa wollte sich bei ihnen um fünf Uhr umziehen.

Es war schon heiß, als sie den Schlosshof überquerten. Ihre Aufgabe war es, Gäste im Schloss herumzuführen, ihnen das Museum zu zeigen, Fragen zu beantworten, ihnen diskret Broschüren zuzustecken und sie dann unmerklich ins Café zu führen. Das Café summte wie ein Bienenstock und Gesa lief wie eine Hummel herum. Peter auch. David war nirgendswo zu sehen.

Es herrschte eifriges Treiben: Holztische und lange Bänke wurden im Quadrat aufgestellt, das Festzelt für die Ehrengäste errichtet, frisches Birkenlaub kam an die Wände, Sonnenblumen in Einmachgläsern schmückten die Tische. Dann wurde die Richtkrone von sechs Männern ins Quadrat gehoben und saß da nun schwer und wichtig.

Um sechs Uhr kam durch einen Lautsprecher eine kräftige Stimme: »Alles stehen und liegen lassen, zum Spalier aufstellen, die Ehrengäste werden gleich hier sein!«

Sofort liefen alle zur Allee und stellten sich traditionsgemäß auf: Frauen und Mädchen standen auf der rechten, Männer und Jungens auf der linken Seite. Eine festlich geschmückte Kutsche bog in die Allee, gefolgt von einer nicht minder geschmückten zweiten Kutsche.

»Hurra! Hurra!«, rief das »Volk« und wurde mit Lächeln und Kopfnicken und gnädigem Händewinken belohnt. Der Stadtdirektor und seine Frau saßen in der ersten Kutsche, verkleidet als hannoversche Adelige, in der zweiten Kutsche folgte der Bürgermeister mit Frau und Enkelin, auch in altmodischer Kleidung. Die elfjährige Enkelin, die neue Kinderschützenkönigin, trug ihre kleine Krone und ihre Schärpe und warf Bonbons nach rechts und links, die sie aus einem prall gefüllten Körbchen fischte.

Eine Blaskapelle spielte einen mächtigen Tusch, als die Kutschen hielten und die Ehrengäste ausstiegen. Die Kapelle hatte sich im Schatten des Turms aufgestellt und spielte, was das Zeug hielt.

Frau Dunkelroth hieß die Gäste willkommen und es wurde Sekt gereicht. Die Stimmung stieg, der Schlosshof summte geradezu mit guter Laune. Die Richtkrone wurde bewundert, und dann wurde das Schloss besichtigt, als wäre es vorher noch nie gesehen worden. In der Zwischenzeit wurde das Essen auf die Tische gestellt, und als die Ehrengäste wieder in den Schlosshof traten, standen alle hinter ihren Stühlen und setzten sich erst, als auch die Gäste Platz genommen hatten.

Kara, Lucy und Gesa hielten wie ein Kleeblatt zusammen. Sie servierten und lächelten sich ermutigend zu, wenn sie aneinander vorbeigingen. Allen drei war mulmig zumute, während David und Peter so taten, als wäre es das Natürlichste von der Welt, in Tracht Wein auszuschenken. Die beiden Jungens beachteten die Mädchen in keiner Weise.

Gesa raunte Lucy und Kara zu: »Lass sie doch. Das ist doch besser als umgekehrt.« Sie wusste, dass nach dem Essen das Theater begann. *So ein Theater um Alfred,* wie der Titel ganz richtig besagte.

Als die Gäste gesättigt waren, blieben die Tische im Quadrat stehen, denn die Bühne war die Mitte des Schlosshofes.

Mit großem Applaus wurden sechs junge Männer begrüßt, die die Richtkrone aufhoben, um sie ins Schloss zu tragen, wo sie im Museum gezeigt werden sollte.

Die »Schauspieler« standen im Quadrat wie die Tische, mit den Gesichtern zu den Gästen, und als ein kurzer Trommelwirbel erklang, verneigten sich alle Darsteller sehr tief, die Hände auf dem Rücken verschränkt. Die Gäste verstummten und blickten gespannt auf die Darsteller.

Die Blaskapelle spielte einen kurzen Tusch, der in einem Trommelwirbel endete.

Frau Dunkelroth stand jetzt in der Mitte der Bühne, verneigte sich kurz und sagte: »Meine Damen und Herren. Guten Abend! Ich heiße Sie zu unserem Schlossschauspiel herzlich willkommen, das Ihnen zeigen soll, wie das Richtfest vor 401 Jahren verlief. Wir hoffen sehr, dass es Ihnen auch klarmachen wird, wie Alfred Martens zum Gespenst wurde, und zwar zu einem Gespenst, das immer noch unter uns weilt. Bitte heißen Sie unsere freiwilligen Darsteller willkommen und begrüßen Sie auch bitte ganz herzlich Herrn Rainer Seil, der mit großer Expertise nicht nur das Theaterstück geschrieben hat, sondern auch mit den Darstellern und durch sie alles wirklich und real werden lässt … Meine Damen und Herren: Herr Rainer Seil!« Wieder verneigte sich Frau Dunkelroth und streckte beide Hände aus, um Herrn Seil den Gästen vorzustellen.

Herr Seil verneigte sich nach allen Seiten übertrieben tief und sagte nur: »Lasst das Spiel beginnen!« Dabei warf er den rechten Arm hoch, machte eine weit schweifende, dramatische Bewegung, verneigte sich nochmals übertrieben tief und zog sich auf Zehenspitzen zurück.

*

Stille und Schweigen senkten sich auf die Zuschauer, die bald so in dem »Richtfest« vertieft waren, dass sie vergaßen, Zuschauer zu sein. Mit Spannung verfolgten sie das Geschehen auf der Bühne, fühlten sich über vierhundert Jahre zurückversetzt.

Aber was sie nicht wussten und nicht ahnen konnten, war, dass die Darsteller gar nicht die Rollen spielten, nicht die Zeilen sagten, die sie gelernt hatten. Sie hatten alle lange geprobt, sind vom Produzenten korrigiert und manchmal recht harsch verbessert worden, aber was sie jetzt darstellten, war etwas ganz anderes. Darsteller und Zuschauer standen unwissend unter einem Bann. Sie fielen immer tiefer in einen Dornröschenschlaf. Sie sahen Dele und Marie, Karl Martens und Heini Albers, sahen die Ehrengäste vom hannoverschen Welfenhof, sahen die Bürger ihrer Kleinstadt, sahen das Geschehen so, wie es am 26. August 1600 stattgefunden hatte. Sie sahen sogar die erste, die richtige Richtkrone, sahen, wie sie von Männern aufgehoben und aufs Dach gesetzt wurde. Sie sahen nichts und sahen trotzdem alles: Sie sahen, wie Marie im Turm von Heini Albers angegriffen und von Alfred Martens Bruder gerettet wurde. Sie sahen Dele und Marie umschlungen aus dem Turm kommen, sahen, wie Dele versuchte, Maries Rock und Schürze mit der Hand sauber zu bürsten, sahen, wie Dele Maries Wange streichelte und sie beruhigte. Aber wo immer auch die beiden Mädchen waren, war auch die Gestalt eines jungen Mannes: groß und gut aussehend mit einem Schopf von hellem Haar, so gelb wie Weizen. Er trug ein graues kragenloses Hemd, die Ärmel waren aufgerollt, die grauweiß gestreifte Hose mit gerolltem Zwirn hochgehalten. Seine Augen waren hell und wachsam und verfolgten jede Bewegung von Dele und Marie.

Die Kapelle spielte einen Tusch und dann den »Kaiserwalzer«. Und es war dieser Walzer, fast dreihundert Jahre nach dem Richtfest des Schlosses komponiert, der die Darsteller und Zuschauer zugleich zurück in die Wirklichkeit brachte.

Kara als Marie tanzte mit Karl Martens und Lucy als Dele mit Heini Albers. Die Sonne stach, die Geräusche der modernen Welt drangen jetzt wieder in den Schlosshof: der

Stadtverkehr, die Kirchenuhr schlug acht Uhr abends, ein Elbdampfer dröhnte laut. Alle Schauspieler tanzten, die Zuschauer klatschten.

Kara hob den Kopf und sah ihren Tänzer an. Sie erschrak. Es war nicht Peter. Es war ein anderer junger Mann, einer mit hellem Haar und hellen Augen und einem kragenlosen Hemd. Kara fühlte den Arm an ihrer Taille, ihre rechte Hand lag in seiner Hand. Er lächelte auf sie hinunter. Plötzlich fühlte sie sich schwerelos, sie fühlte sich getragen – aber in Wirklichkeit war sie ohnmächtig geworden. Der Tanz kam zu einem abrupten Ende. Ein Kreis hatte sich um Kara gebildet, die auf den Koppelsteinen lag, als wäre sie vorsichtig dort hingelegt worden.

Frau Dunkelroth kniete neben ihr und legte ihr vorsichtig ein Eispack in den Nacken. Ein Krankenpfleger kam, um ihren Puls zu fühlen.

Durch die plötzliche Kälte schlug Kara die Augen auf: »Wo ist er?«, fragte sie.

Frau Dunkelroth fragte leise: »Wer?«

Kara sagte: »Alfred, Alfred Martens!«

Frau Dunkelroth und der Krankenpfleger sahen sich an, der Krankenpfleger schüttelte leicht den Kopf, was so gut wie bedeutete: »Bloß nichts Falsches sagen!«

Kara drehte den Kopf zur Seite und sah nur Füße und Beine um sich herum stehen.

Sie rief: »Lucy?«

Lucy kniete neben ihr. »Alles o. k.?«, fragte sie.

Kara nickte: »Alles o. k.!« Sie setzte sich auf und stützte sich auf Lucys Schulter, um, aufzustehen.

Gesa zog sie an einer Hand hoch. Sie sah Kara prüfend

an: »Alles in Ordnung«, flüsterte sie, »jetzt ist alles in Ordnung!«

David stand neben Gesa und sah Kara forschend an. Sie fragte: »Wo ist denn Peter?«

Sie drehten und wendeten sich, aber von Peter war keine Spur zu sehen.

Frau Dunkelroth, die sich leise mit dem Krankenpfleger unterhielt, sagte zu Kara: »Du bist überhitzt, du musst dich ausruhen. Diese letzten Wochen waren für uns alle sehr anstrengend!«

Kara fragte: »Wo ist Peter?«

Niemand wusste, wo Peter war. Kara war kalt, innerlich fror sie. Suchend sah sie sich um, aber Peter war nicht zu sehen und auch nicht Alfred. Sie fasste sich an den Kopf. Es konnte nicht sein, dass sie mit Alfred getanzt hatte. Sie verstand es nicht: Sie hatte seinen Körper gefühlt, seine Hand um ihre Taille, fühlte noch, wie ihre Hand in seiner lag. Und dann das Lächeln, ein warmes, herzliches Lächeln.

»Wann geht's denn hier los?«, fragte eine Stimme neben ihr. Vorsichtig drehte sie sich um. Peter. Es war Peter!

»Wo warst du denn die ganze Zeit?«, fragte Kara erstaunt.

»Ich?« Peter sah sie ratlos an. »Ich war doch drinnen, weil Frau Dunkelroth mich geschickt hatte, um ihre Sonnenbrille zu holen.«

»Und dafür hast du so lange gebraucht?«, fragte Lucy.

»Ja, aber ich bin doch gleich wieder zurückgekommen!«, rief Peter aus. »Wann fangen wir denn mit dem Spiel an?«

»Aber das ist doch schon längst vorbei!«

»Was? Schon vorbei?«, verwirrt sah Peter die Mädchen an.

»Ja, vor zehn Minuten!«, riefen beide zugleich aus.

»Das bedeutet …«, stotterte Peter, »… das bedeutet wohl, dass ich wirklich länger weg war, als ich angenommen hatte.«

»Was ist dir denn passiert?«, fragte Lucy. Sie blickte kurz Kara an, die nickte.

»Dich hat jemand einschlafen lassen!«, rief Gesa aus. »So war das!«

»Wer denn?«, fragte Peter heiser.

»Alfred! Vielleicht war es ja Alfred!«

»Ach, Quatsch!« Peter wurde ungeduldig. »Wie kann der mich einschläfern? So ein Blödsinn!«

»Nö«, kicherte Gesa, »gar nicht. Wenn du hier gewesen wärest und alles verfolgt hättest, dann wüsstest du, dass es kein Quatsch ist, kein Blödsinn!«

Peter sagte nichts, sondern starrte zum Turm hinauf.

David klopfte ihm auf die Schulter: »Na, altes Haus? Wo warst du denn?«

Peter schüttelte sich: »Lass mich in Ruhe!«

»Nanu?« David tat erstaunt. »Was ist denn mit dir? Warum warst du denn nicht hier?«

»Ach, lass mich in Ruh!« Peter steckte die Hände in die Hosentaschen und zog die Schultern hoch. Aber er ging nicht weg, sondern blieb wie angewurzelt stehen.

»Da jetzt ja alles vorbei ist …«, sagte Kara gedehnt.

Lucy sah sie warnend an: »Und?«, fragte sie scharf. »Es ist noch nicht alles vorbei!«

Erschrocken rief Kara: »Natürlich nicht, oh meine Güte! Ich muss ja …« Sie sah Lucy und Gesa mit großen Augen an, die sich sofort umdrehten und auf die offene Schlosstür zuliefen, Kara aber lief ins Studio.

»Ihr! Wo wollt ihr denn hin?«, rief David und wollte gerade Lucy und Gesa folgen, als Frau Dunkelroth rief: »David und Peter, schnell! Die Bühne muss geräumt werden, helft die Tische als Vierer zusammenzusetzen, schnell, schnell!«

David und Peter hatten keine Zeit, sich umzusehen oder sich zu wundern, warum die Mädchen wie aufgeschreckte Küken auseinandergestoben waren. Sie sahen auch nicht, dass alle geöffneten Fenster im linken Schlossflügel geschlossen wurden, eins nach dem anderen, wie von Geisterhand.

Kara lief auf die hohen Föhren an der Ostseite des Schlosshofes zu, zog sich einen Tisch heran. Sie blickte prüfend zum Himmel hinauf. Es wurde schon dunkel. Als sie Lucy und Gesa die Schlosstreppe herunterschlendern sah, nickte sie.

Ein gemütliches Murmeln der Gäste war zu hören, die Getränke oder Essen bestellten, man konnte Geräusche aus dem Schlosspark, von der Elbe, vom Hafen hören. Es waren gute Geräusche, die halfen, eine angenehme Stimmung zu verbreiten.

Als Lucy und Gesa neben ihr standen und sie den Laptop in die richtige Position gebracht hatte, klatschte Kara plötzlich ein paar Mal laut in die Hände. Frau Dunkelroth, mitten im Schlosshof, drehte sich scharf zu ihr um.

»Was soll das denn?«, rief sie mit gerunzelter Stirn.

»Eine Überraschung!«, riefen alle drei Mädchen aus. Sie hatten Frau Warner und Frau Burmester an einem der Außentische entdeckt und fühlten sich sofort sicherer.

»Davon habt ihr mir aber nichts gesagt!«, rief Frau Dunkelroth zurück.

»Nein, dann wäre es ja auch keine Überraschung!«, erwiderte

Kara, die nun tief einatmete und dann mit lauter und klarer Stimme sagte: »Meine Damen und Herren. Darf ich Sie um Ihre Aufmerksamkeit bitten? Wie Sie wissen, sind wir alle hier, um Alfred Martens zu feiern, der immer noch um uns herum als Gespenst schwebt …«

Der Schlosshof war still, man hätte eine Nadel fallen hören. Erleichtert fuhr Kara fort: »Alfred ist unter sehr merkwürdigen und doch sehr widersprüchlichen Umständen vor 201 Jahren gestorben. Ich möchte Sie bitten, sich den Film anzusehen. Wir benutzen die Mauer des Schlossflügels als Leinwand … Ich bedanke mich für Ihre Aufmerksamkeit.«

Frau Dunkelroth hatte sich schockiert gesetzt. Frau Burmester und Frau Warner drehten sich, wie alle anderen Gäste jetzt auch, der Schlosswand zu.

Das schwarz-weiße Bild zeigte Teile des Schlosses mit einem Baugerüst. Das allerletzte Fenster war links zu erkennen, das letzte Fenster des Raumes, wo West und Ost sich treffen. Ein junger Mann stand auf dem Baugerüst und schien zu mauern. Plötzlich verlor er sein Gleichgewicht. Sein Haar, so gelb wie reifer Weizen, stand zu Berge. Das Gerüst wackelte. Der junge Mann kämpfte um sein Gleichgewicht, seine Arme bewegten sich wild in der Luft, er versuchte, sich irgendwo festzuhalten. Aber es gelang ihm nicht. Dann war er nicht mehr zu sehen, das Fenster war leer, das Gerüst stand wieder fest da, der junge Mann war weg.

Gesa kreischte, ihre Hände schossen zum Mund hoch. Sie war von einem unwahrscheinlichen Glücksgefühl erfüllt: Der Film zeigte, dass Alfred Martens durch einen Unfall starb, dass er nicht von Heini Albers ermordet wurde! Und dann schoss ihr der Gedanke blitzartig durch den Kopf: Wurde Alfred Gespenst, um der Welt zu zeigen, dass Heini unschuldig war? Alle möglichen Gefühle und Empfindungen durchströmten Gesa.

Die Gäste saßen gebannt und starrten auf den Film, den Kara noch einmal und noch einmal spielte. Und dann, alle noch im Geschehen auf der Leinwand versunken, fuhr ein mächtiger Blitz in die uralte Kastanie beim Turm.

»Meine Güte! So was!« Kara drehte sich zu ihren Freundinnen um, die wie sie kreidebleich waren.

Die Mädchen standen jetzt eng zusammen, die Arme um die Schultern der anderen gelegt. Sie waren eine Einheit.

»Alfred!«, rief Kara.

»Alfred! Ja, es ist Alfred!«, rief Lucy.

»Alfred, guck, es ist Alfred! Alfred ist befreit. Alfred ist befreit!«, riefen Kara und Lucy zusammen.

»Alfred, guck, Alfred ist wirklich frei! Alfred ist frei!« Tränen flossen aus Gesas Augen, liefen über ihr Gesicht.

Hände haltend formten die Mädchen einen Kreis und tanzten vor Freude, sahen aber durchweg auf Alfred.

Menschen schrien auf, Frauen hielten sich die Ohren zu, viele Gäste waren aufgesprungen und starrten gebannt auf die Kastanie, die wie eine lodernde Riesenfackel brannte. Und aus den Flammen heraus, so wie aus Aladins Wunderlampe, erschien die Gestalt eines jungen Mannes: groß und gut aussehend mit einem Schopf von hellem Haar, so gelb wie Weizen. Er trug ein graues kragenloses Hemd, die Ärmel waren aufgerollt, die grauweiß gestreifte Hose war mit gerolltem Zwirn hochgehalten. Seine Augen waren hell und wachsam und sahen nicht mehr leer und traurig aus. Alfred lächelte, hielt seine Arme hoch und verblasste mehr und mehr … bis nichts mehr von ihm zu sehen war.

*

Abschied

Die Morgensonne blitzte durch den Efeu, der die Pergola in den *Fünf Eichen* bedeckte, und warf grüne Schattenspiele auf den hübsch gedeckten Frühstückstisch. Eine leichte Brise wehte vom Fluss her. Kara fröstelte. Auch Lucy zog die Schultern hoch. Aber dann lachte sie. Bello hatte sich auf ihre Füße gelegt, als ob er fühlte, dass sie Wärme brauchte. Lucy bückte sich und streichelte seinen Nacken.

»Du bist doch ein lieber Bello«, sagte sie.

Gesa lachte; sie kam mit einem vollgeladenen Tablett aus dem Haus: »Ja, er weiß immer, was zu machen ist!«

»So, Kinder, nun lasst es euch schmecken. Wo bleibt denn bloß mein Mann? Der hatte doch vorhin so 'nen Bärenhunger!« Frau Albers sah sich um, als sie die Kaffeekanne auf das Stövchen setzte.

»Bin schon hier!«, brummte Herr Albers und lüftete einen Hut, den er nicht trug: »Guten Morgen, meine Damen. Na, ich muss schon sagen, es ist ja erstaunlich, was ihr auf die Beine gestellt habt! Alle Achtung, Kara und Lucy.«

Kara und Lucy erröteten und beide murmelten etwas Unverständliches. Bello bellte kurz auf. Alle lachten.

»Bello freut sich auch und gratuliert!«, rief Gesa aus. »Wer von euch möchte Brötchen? Oder lieber Franzbötchen?« Sie reichte einen großen Korb herum.

»Schade, dass ihr wegfahrt«, sagte Gesa, vom Brötchen abbeißend, »Bleckede wird mit der Alfredgeschichte summen. Alle werden sich wundern, dass ihr nicht mehr hier seid!«

»Aber wir können doch wiederkommen!«, rief Lucy aus. »Findest du nicht auch, Kara?«

Kara nickte. Sie träufelte Honig auf ihr Franzbrötchen. »'türlich«, sagte sie. »Wir müssen zurückkommen. Wie wär's in drei Jahren, nachdem wir mit der Uni fertig sind?«

Gesa klatschte Beifall: »Genau, so machen wir's!«

Herr Albers lachte: »Ja, aber bevor ihr wiederkommt, müsst ihr erst mal wegfahren. Wann fährt euer Zug?«

»Um halb eins von Lüneburg.« Kara sah Gesa fragend an.

Gesa nickte: »Ich komm mit. Mein Vater fährt.«

»Wie wär's mit einer zweiten Tasse Kaffee, Lucy?«, fragte Frau Albers.

Lucy hielt ihre Tasse hin …

»Das erinnert mich an die Nacht, als wir unter Alfreds Fenster saßen, weißt du noch?«, sagte Lucy, sich an Kara wendend.

»Ja, so wird es in den nächsten Jahren aussehen«, grinste Herr Albers. »Dieses: *Weißt du noch?*«

Kara lachte: »Ja, stellt euch vor, wir kommen zurück und treffen ein zweites Gespenst!«

Lucy wurde blass: »Nein, nein! Das wäre mir zu anstrengend!«

Gesa runzelte die Stirn: »Alles Mögliche, bloß kein Gespenst! Nein, nein, von mir aus kann sich das woanders entdecken lassen!«

Ich danke

dem Elbschloss Bleckede, denn es ist ein besonderes Schloss. Es war schon immer wichtig für mich, auch als meine Zwillingsschwester und ich nach Kindergartenschluss vor dem Holztor unten an der Strasse auf unsere grosse Schwester warteten, die Lehrling im Otto Meissners Verlag war. Später war auch ich Lehrling dort.

Ich möchte mich sehr bei Jens Lohmann bedanken, der mir liebenswürdigerweise viele Bilder vom alten Bleckede und vom damaligen Schloss elektronisch nach Wales schickte. Jens Sammlung ist einmalig und im Grunde genommen ein eigenes Buch wert. Die vielen Bilder halfen mir, in dem Bleckede meiner Kindheit spazierenzugehen.

Auch Richard Salkilld herzlichen Dank. Richard hat den Buchumschlag entworfen und die Geschichte *Anno 2001* illustriert. Liebenswürdigerweise hat er auf sein Honorar verzichtet und es dem Elbschloss für die Restaurierung überlassen.

Meiner Freundin Heike Reinberger möchte ich für ihre Hilfe, Unterstützung und Ratschläge danken. Heike ist Bleckederin mit Leib und Seele und was sie nicht über Bleckede weiss, braucht man nicht zu wissen!

Dukefield, im April 2013